作者像

1935年摄于德国

悟空

碎金文丛

浪迹十年之行旅记闻

陈 达 著

商务印书馆
The Commercial Press

2017年·北京

图书在版编目(CIP)数据

浪迹十年之行旅记闻/陈达著.—北京:商务印书馆,2013(2017.9重印)

(碎金文丛)

ISBN 978-7-100-09322-4

Ⅰ.①浪… Ⅱ.①陈… Ⅲ.①随笔-作品集-中国-现代 Ⅳ.①I266.1

中国版本图书馆CIP数据核字(2012)第234520号

权利保留,侵权必究。

碎金文丛
浪迹十年之行旅记闻
陈达 著

商务印书馆出版
(北京王府井大街36号 邮政编码100710)
商务印书馆发行
北京冠中印刷厂印刷
ISBN 978-7-100-09322-4

2013年10月第1版	开本787×1092 1/32
2017年9月北京第2次印刷	印张6⅝ 插页2

定价:26.00元

出版说明

学问一事,见微而知著,虽片言鳞爪,却浑然一体。及今观之,札记、书信、日记等传统书写方式,更是散发出无定向、碎片化的后现代气息。钱锺书先生便将自己的读书笔记题为"碎金",凸显其特殊的价值。

文丛取名"碎金",意在辑零碎而显真知,并与"中华现代学术名著丛书"相映衬。丛书所录,非为诸名家正襟危坐写就的学术著作,而是其随性挥洒或点滴积累的小品文章。分为治学随笔、学林散记、日记书信与口述自传等系列,多为后人精心整理或坊间经年未见的佳作。希望这些短小而精美、灵性而深邃、言简而隽永的吉光片羽,能帮助读者领略名家学者的点滴妙悟、雅趣文字,一窥学术经典背后的丰富人生。

商务印书馆编辑部

目 录

序 ··· *1*
第一章 粤东、闽南与广西 ··· *6*
   一、南洋华侨研究的缘起 ·· *6*
   二、汕头及其附近 ··· *8*
   三、泉州与漳州 ··· *14*
   四、西江流域 ·· *22*
第二章 东印度群岛 ··· *25*
   一、爪哇 ··· *28*
   二、网甲 ··· *49*
   三、西婆罗洲 ·· *61*
第三章 马来亚 ·· *87*
   一、星加坡 ·· *88*
   二、马六甲 ·· *98*
   三、槟榔屿 ·· *107*

第四章 暹罗与中南半岛 ················ *126*

　一、暹罗 ·························· *127*

　二、中南半岛 ······················ *146*

第五章 苏联 ·························· *154*

　一、莫斯科社会一瞥 ················ *155*

　二、工人生活与工厂 ················ *185*

　三、集合农场 ······················ *198*

序

在以往十年里，我的生活过程中，遭遇着极重要而稀罕的事变。其最显明的，便是驻华日军在卢沟桥的挑衅，酿成中日之战，随后演变为第二次世界大战。这件非常之事，对于我发生了繁杂而难以形容的影响。不说别的，单讲我国抗战开始的时候，我刚是四十有零的壮年。而今白发频添，精神渐衰；虽尚非是老者，但体力、毅力与记忆力，已远不如当年。抗战不是使我衰老的原因，因没有战争我亦是要衰老的，但抗战确实催我衰老，使我衰老得更快。所以在抗战期间，我个人如何生活，是值得分析的，因为由此可以反映出来许多和我相似的个人，或和我相异的个人。具体说来，在抗战期间，我的心情如何？工作如何？对于抗战的反应如何？对于社会的观感如何？对于我国建设的期望如何？见解如何？

为要解答前述的问题，或不胜列举的其他问题，理应有比较详尽的记述。记述的方式可以有下列数种：（一）自传：我还是中年以上的人，不想在这个时候，片段地叙述自己的生活。（二）回忆录（Reminiscences）：英美有些人士，关于追述过去的经验与事实，往往利用此法。（三）有些人把生活与自己的工作，在同一书内夹叙，例如美国社会学前辈，柯立教授（Charles H. Coeley: *Student and Life*）。（四）德国人有时采用一种通俗而随便的撰著，作关于"研究旅行"（Studienreise）的叙述，内中旅行的成分多，研究的成分可多可少。上述数种，我也有局部采用的，但没有纯粹地采用哪一种。我的最后决定，是用本书的方式，分章与节及目。分节的标准或用地域或按题目的性质。节下有目，记载较详的事情，大致依时期排列先后的次序。目与目之间有时没有系统的关系。一章之中亦往往缺乏严谨的组织。就本书的书名视之，仿佛是一种小品文的著作，细察其内容实是叙述我的见闻、我的观感、我的工作、我的思想。用随便的文笔，松懈的组织，说些我要讲的话，记些我认为有趣或值得注意的事物。我所见的东西如风土人情；我所遭遇的社会境地如讨论会；我所接触的人物如苏联劳工，或云南乡民，往往随笔写出。有些事情是琐碎的，是无关宏旨的，但亦有比较重要的事实。无论如何，我将所见所闻与所想到的，随时记下，盼望有些资料或可供参考与研究用的。

我既打算将所见所闻与所想到的随时记下，其最方便的文体莫如笔记。我从小就学习做笔记，到如今还保存此习惯。我在阅书或旅行的时候，大致带笔与纸，预备随心所欲，抄记任何项目。俗语云"好记性不如烂笔头"，我在少年时，记性固然不坏，且笔是甚勤的。这部书的材料，大部分系依赖勤于笔而集成的，事无巨细，兴到即记。我认为笔记是最随便的文体，利于记述事物，表达思想。

因为我是社会学学生，凡是我所注意的人与事、人与人的关系、人与事的关系、事与事的关系，往往含有社会学的意味。我的观察与思想，有时候不知不觉地入于社会学的领域。本书所记的在有许多方面，可以灌输社会学的知识。不过这些知识，亦是无系统的，无组织的，不像是教科书那样的机械与庄重。

我所叙述的，有许多诚然是琐碎的事情，但人的生活里，有很大的部分是由琐事累积的，例如衣食住及日常的活动。对于这些事件我们要能够观察，观察时要能利用五官的全部或若干部分，观察时要能减少错误。第二要能将所观察的，随时随地记录下来，记时要力求与所观察的结果相符，并且力求正确，避免偏见。如果不记，有许多事物，就变成过眼的云烟，不留痕迹，以后再无研究的机会。如果记得不够详尽，对于叙述或立论，有时得不着可靠的根据。第三要能了解这些记录的意义，要能解释所观察的现象及所记录的事实。如能做到这一步，结论原理与哲学俱可演绎出来，且可提高其准确性，因为他们是根据于事实的。所以有许多少年，阅读本书之后，应该可以得着些训练，这些训练，是实证社会学的初步。

本书所包括的材料，始于民国二十三年八月，止于民国三十四年四月，共为十年又九个月。最初四章叙述我在闽粤与南洋的旅行。第五章讨论欧洲旅行中的苏联部分，余稿业已散失。自第六章起，其内容俱是描写抗战期间我的生活、工作与感想。*

第九章（抗战建国）内第四图（昆阳县夷人捉野鸡）及第五图（昆阳县夷妇背物），系老友孙福熙（春苔）兄所画的，特此声明并志谢。

民国三十四年八月十九日（日本投降后四日）
陈达序于云南呈贡县文庙。

---

* 第六章至第九章另结集为《浪迹十年之联大琐记》。——编者注

第一章 粤东、闽南与广西

一、南洋华侨研究的缘起

民国二十三年春季,当我的《人口问题》一书将脱稿时,屡接中国太平洋学会来信,约我担任一种研究工作。因该会于民国二十二年,在加拿大的盆夫(Banff)开会时,曾由国际研究委员会,决定该会以后数年的研究计划,以太平洋区的移民问题为中心,认为移民运动可以影响各关系国的生活程度,使得各国间商品的制造与运销,发生成本上的差别,因此引起国际的商业竞争及冲突。并因此对于太平洋区发生政治的、经济的与社会的各种问题。经考虑后,我接受该会请求，准备研究我国的南洋迁民问题。该会并请清华合作，清华准我请假一年，薪金照给，作为清华对于该会的捐款。我随即拟就研究计划，分送国内外著名学者征求批评及建议。并乘暑假之便，南归，赴浙江余杭县城岳家姚宅小住。今年余杭大旱，据父老所告，为69年来所未有，县城东门外溪塘上一带的苕溪，平时水深丈余，今年溪底业已晒干，形似龟裂。行人可自此岸步行达彼岸。有些人家在溪底中间掘潭，深五尺以后可以得水，作为饮料。距潭二里的人家尚来挑水，足见饮水之难得。因时间匆促，我未到东乡里河自己家中探望，即赴上海，晨自余杭县城坐公共汽车至杭州，改坐火车，当日黄昏抵申。遇老友李子云兄，说目下跳舞盛行，约我同往跳舞厅。惜今夜有雨，子云疑跳舞厅内顾客稀少，岂知我们到达某跳舞厅时，座中客满，已无立足之地。我回想一日之间，晨离余杭的灾区，晚抵繁华的上海。余杭已有成千成万的难民饿死或病死，上海还是歌舞升平，过醉生梦死的生活。不出十二小时，我仿佛脱离地狱，步入天堂，至少在肉体上有如此的感觉，真使我有不可形容的惨痛。

中国太平洋学会，定期开会，约沪上学者十余人，讨论我的研究计划，总会研究干事 Wm.Holland 及 Bruno Lasker 先生亦出席，后者和我以后有亲密的合作，特别是调查开始的时候。中国太平洋学会干事刘驭万兄、拉斯克先生和我坐荷兰轮船离申赴厦门，船抵埠时大雨倾盆，我冒雨与厦门大学林文庆校长作初步的接洽，预备工作人员将来到厦门时，可以得着些方便。我们即乘原船赴广州，住于岭南大学。我即组织调查团，自任团长，约岭南大学社会学教授伍锐麟先生任副团长，中山大学傅尚霖教授及厦门大学徐声金教授任顾问。

二、汕头及其附近

按我国旧俗，凡海外的中国人，都混称为华侨，其实包括性质不同及人生观不同的两类人，即迁民与侨民。凡由我国迁出者谓之迁民，凡在海外生长者谓之侨民，侨民的父或其上代大致是由中国迁出的，其母或其上代大概系当地的土人女子。我国的领事以迁民为管束的范围；至于侨民则被殖民地政府认为欧洲统治国的籍民，不受中国领事的指挥。侨民大致是混血儿，不识华文，不知中国历史与地理，但有许多人尚爱祖国，并表剧烈的同情。

我经过屡次访问，知南洋迁民的社区，历史最久而人数最多者在潮汕及厦门近处。乃着手在广州招请说汕头话的调查员十余人，前往汕头，在澄海县属樟林镇住下，以推行调查的工作。樟林在汕头东北约60里，计七乡一镇，互相毗连。最近一百年以来往暹罗者人数逾五千，往南洋他处者亦不少。樟林的邻村是东垄，近海，往昔帆船俱在东垄出口。近来南洋迁民往往自樟林赴汕头候轮渡海。当最近一次的迁民运动正在进行时，迁民领袖及地方绅富，为便利交通起见，自樟林至汕头，先筑轻便铁道，用手推车，每车可坐四人。当轻便铁道初筑时，原拟架大木桥于韩江之上，但因工程欠佳，桥成不久即塌，以致不能采用，听说其弊由于经手人吞款所致。轻便铁道的路线，只好绕道至樟林，后因经营不得法，将此路抵押于台湾银行。现在自樟林至汕头的主要交通方法，专恃公共汽车，其经费、建筑工程与经营，大部分依赖南洋华侨或已归国的迁民与侨民。

汕头是近代化的市镇之一，其繁盛的起源，借重于南洋华侨者甚多。汕头的市房和广州、厦门的市房有高度的相似。有许多是一层的楼房，楼底下做铺面，深一丈六尺，宽一丈二尺，楼底空处靠前面部分，作为行人道，及货品销卖场。楼底后部是房子，那即是店。这个楼底用四柱支起，前面二柱行路者俱能看见，后面则否。楼上是卧房，家人及一部分店员即住于此。据说这种建筑的模型，是受葡萄牙人到汕头经商以后的影响。葡商的影响尚不止于此，据说吸鼻烟的习惯，亦由他们传入。樟林的乡绅，有时出示磁鼻烟壶，壶质与壶面的花纹，颇有甚精致者。吸时用小竹片自壶内拨烟少许，置于圆磁片上，然后以食指纳入鼻孔，这些鼻烟壶，原来由葡人带入，以后渐由本地仿制。

汕头某名绅，常与欧美商人往来，并常为他们所雇用。他是一个地道市侩，遇事没有主张，惟洋人的命令是听；雇主对于他，和主人对于仆役一样。这绅士日日不得闲，一日之间亦甚少空闲，但其所忙碌者几尽是替雇主赚钱的勾当。他是小康之家，屋内的陈设中西合璧，但俱未到好处。生活习惯模仿欧人，最显著者是纸烟、扑克牌、咖啡、烟斗及白兰地酒。此人毫无思想，对于本地的大事如繁荣的原因、迁民运动等问题等，俱不感觉兴趣；但此人名誉甚大，几乎家喻户晓。我疑心欧商最能利用这一类的人，以增加自己的利益。当中外初通商时，欧人因言语不通，不能和中国人直接交涉，往往依赖初通英语的汉人作翻译。这些汉人大致贫而不学，志在求利。我国的旧有文化既所不解；对于欧人的生活亦只模仿其最粗浅者。习俗相沿，至今仿佛成一特殊阶级，前述某绅即其典型人物之一。

汕头海关税务司是中国人，但实权操于一位英国人之手，此某英人是酒仙，一日中只过几小时的清醒生活，余时俱在酒中寻乐，但少见其大醉，因其有过人的酒量。此君鄙视中国人，很少请中国人到家作客。虽在中国服务逾二十年，极少与上等社会有接触的机会，平时所周旋者，俱是铜钱眼里翻筋斗的人。他是旧式的"中国通"，将随帝国主义而消灭。

招商局经理是一个有能力很认真的壮年。在他任事以前，汕头的航运，每年俱由太古及怡和洋行分做。他组织航运委员会，邀请汕头的重要进出口华商为委员，因此对于货品输入及运出的需要，各商家均能明了，并可自行妥筹办法，运费一如从前，并不增减，商人尤觉便利。太古及怡和，疑其暗中减运费，以图和两公司竞争。经理答曰："我改良买办制，请在行的商人自作买办，别无更动。从前的买办，自己不是生意人，但航运会的委员，都是做生意的，他们对于市场的需要，最了解并最关心。因此他们必能施行比较妥当而于大众有益的办法。"

在樟林的华侨家庭中，有些人家有混血的男孩，但未见有混血的女孩。混血的男孩，由父亲送回家乡长住，以期得到汉化的教育，以便将来返南洋时，在父亲店中，管理业务。至于混血的女孩，常与母亲同居，母亲往往是南洋土人，大致因气候太冷及语言习惯的不同，不到中国来。混血的女孩亦留住南洋，将来在南洋出嫁。混血的男孩在体质上，有时候可以辨识，但亦不甚显著，其重要区别还在语言与生活习惯。不过在樟林住久了，他们亦都染汉化，如无人特别指出，我们不能辨别谁是混血儿。乡下人对于混血儿亦并不歧视，财产可以按习惯分配，婚姻亦不会遇到困难，祠堂内祭祖时，往往视同纯血的后辈，一般的社交亦并无若何不平等的关系。

在樟林有些动植物是由南洋传入的，例如鲍鱿鱼，在各处小沟中都可看见。此鱼状如鲫鱼，背翅有刺，热天常于树阴下或水边歇息，有时上岸，上岸后鱼身侧起，可以向前跳动。

番木瓜（papaya，简称木瓜）甚普遍，乡下人当药用，据说未熟者母亲食之可以下奶。在厦门及在云南蒙自，我都听见过这种说法。

庭前所见的花草，由南洋来的有七种之多，每种俱比本地的植物长得茂盛，枝叶大，颜色鲜，惜不知学名。

南洋语言，在樟林无显著的痕迹。因为迁民返国长久以后，惯用本地的方言，对于南洋各处的土语，自然逐渐忘记。

樟林的女子，在家照理家务，在外从事一切体力劳动，如挑担、去草、割稻等。农不是主要职业，虽农业尚是普遍，但农业的收入，往往不足以供一家的支出，特别是华侨家庭。女子做工似比男子为普遍，一则因壮年男子，多数已在南洋；一则因本地的习惯，女子大概是操劳的，此地的女子，比我国他省的女子要勤劳些。本地女子是天足，身穿黑色短衫裤，往往梳一根辫子，头带圆形大箬帽，既遮太阳又遮雨。这些女子们,各种劳动都参加的,她们身体较健,又勤俭耐苦。华侨家庭往往以女子当家,颇能料理家事,并担负各种责任。

留居樟林的男子,人数不多;平常所见者,都为老年及少年。有些少年由南洋返乡求学,其他便是堕落分子、懒汉、无志气者;这些无用的少年依赖南洋的汇款以谋生;染着不良的习惯,如坐茶馆、参加赌博及吸食鸦片之类。这些男子平常是不做工的,勤吃懒做。于恍惚中消磨岁月,他们是一般没出息的人们。至于有志气者,肯冒险者,大致已过海做"番客"去了;留乡者是身心欠健全的弱者,不能振作精神的懒汉。

三、泉州与漳州

泉州旧天主堂有七棺,相传为后五代留从效之家属。从效对其母甚孝,一日问母曰:"尚有哪样福气未享?"母曰:"以尚未居住皇帝宫殿为憾。"从效私自雇木工,兴造宫殿,事为奸人所闻,奏于朝,从效得罪,一家七人俱被斩。据说死者各穿黄衣,因棺内藏大量水银,尸体不烂。慕财的小偷,传已两次开棺,但每次主谋者俱得病死。棺外有椁,棺木甚厚,七棺今日尚存。

泉州进士吴大玠号桂生,告诉我泉州东门外有石碑,记明永乐时郑和出海事。我在东门外回教四贤坟地,寻得石碑,其文云:"钦差总兵太监郑和,前往西洋忽鲁谟斯等国公干。永乐十五年五月十六日于此行香,望灵圣庇佑镇抚。蒲和日记立。"

碑旁即回教四贤墓,有墓碑,其文云:

> 我教之行于中国也,由来久矣,泉州滨大海,为中国最东南边地,距西域不下数万千里,则教之行于斯也不亦难乎。同治庚午秋,长贵奉命提督福建陆路军务,莅任泉州,下车后,询问地理。部下有以郡东有三贤四贤墓告者,初听之而疑其骇也,继思之而恐其讹也。公余策马出城,如所告而访之。平冈之上,果有两墓在焉,而不知其始于何代及为何如人?墓侧碑碣,苔蚀沙涩,字迹漫漶,多不可辨,惟我蜀马公权提督篆时所误立者。上故有亭,尚未磨灭,而亭久倾圮,碑仆卧尘沙中,正不知几历年所矣。竟日爬刮,继以淋洗,始得约历扪读。证诸郡志,乃获其详,盖

三贤四贤，于唐武德中入朝，传教泉属，卒而葬此者。厥后屡显露异，郡人士咸崇奉之。明永乐太监郑和出使西洋，道此蒙佑，曾立碑记。我朝康熙乾隆间，泉之官绅迭经修治，马公重修事在嘉庆二十三年，乃其最后者也，然于今日已五十四寒暑矣。其间水旱兵燹，未尝无之，虽荆棘蒙蘢，不免就荒，两墓岿然无恙。且适有来官是土之余，以踵马公于五十四年之后，噫，得毋两贤之灵，有以默相之乎。然则西域虽远，其教之能行于中国东南边地也，更无论矣。于是捐廉择吉，鸠工重修，既竣事，志其崖略如此。惟冀后之来者，以时展缮，无任其如马公及余相去之远而未葺治，日复一日，渐就湮没也。是则我教之幸，抑亦余所心祷者尔，是为记。同治十年岁在辛未季秋之月下旬谷旦钦命提督福建全省陆路军务执勇巴图鲁盐亭江长贵盥沐敬撰。

厦门祥店村黄家祠堂有匾曰："法学博士"。我认为甚奇特，询问原委，得以下的答案：村人黄开宗，自幼离乡赴美，工读甚勤，系芝加哥大学1920年法学博士，归国后曾在厦门大学任教，村人引以为荣，立匾记之。匾额是我国旧文化的一部，所以表扬功名、纪念勋德者。此次所见，系拿新"功名"用旧方法来表示崇敬的意思，足见闽南乡间原有的民风渐起变化，这些变化当然是受迁民运动的影响。下列一段为余在樟林所见，有同样的意义：

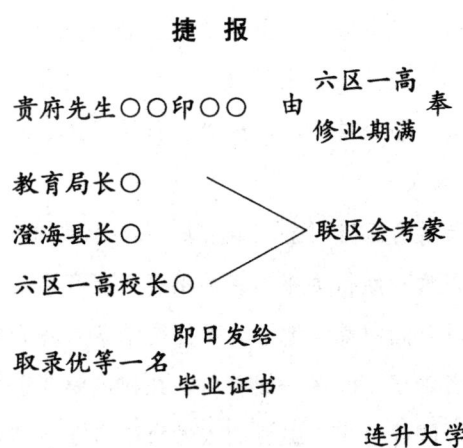

前清凡遇有人得了功名，衙门差役辄往其家中报喜，用红纸写明得功名者姓名及功名种类。报喜时，拿着小锣，唱名并道喜，借得赏金。上述"捷报"系为庆贺樟林第六区高等小学毕业生而发,其格式与前清微有不同,其意义是一样的。这种旧办法对于转变的社会中,业已改头换面,以求与新社会环境相适合。

福建离省城辽远的县属,治安往往不好。海澄县长某,想出以土匪治土匪的办法,委一个有势力的土匪当区长。不久此土匪以细故勾通警察,来围县署。县长情急跳墙,土匪区长释放犯人。事后县长查明来历,以亲信某职员(此人亦是土匪出身)率保卫队,驱土匪区长及兵警出县城。此等乌合之众出城后,抢掠奸淫,屠杀并行。传说第一日杀平民8人,第二日杀50余人。

集美有三村相连,俱临海,人口总数约有2500人,职业以渔及航行为主。耕地不多,土产不富。南洋迁民运动开始以前,地方无赖往往结队入海为盗。传闻为首者常于夜间拿一根碎竹,在村内僻巷里拖过,室内人可闻碎竹声。愿意加入做海盗者随声结合,共谋抢劫。自往南洋者人数加多以来,谋生的机会当然增加,盗贼减少,上述的习惯近已不存。

陈嘉庚氏在星加坡经商得法之后,和其他迁民一样,把一部分赢余寄回集美,兴建新住宅,但其新住宅并不十分富丽。又修筑祠堂，祠堂内供奉祖宗神主以外，尚塑有谢安像。其像着衣冠，高度似成年男子，坐于帐中宝位。祠中一切陈设，比较简单。新住宅旁是另一迁民的住宅，正门屋顶之下用英文刻屋主姓名，亦陈姓，此人在菲律宾经商致富。据外表，此住宅比陈嘉庚住宅要堂皇数倍。集美村内周围三华里之内，共有学校六所，内中幼稚园的房屋与设备，在国内他处尚不多见，足见陈氏的思想，与一般殷富的迁民不同，因陈氏非但独资创设这些学校，并独资维持，至对于建造自己的住屋与祠堂，并未耗费大量的金钱。

集美村近海处，尚有破墙残砖，及一小段的土城，据说是郑成功的故垒。有一日倪因心君入内摄影，身入乱草中，挣扎难出。一个十二岁的男童，用国语告出路，小学教育的普遍，由此可见一般。

集美村及邻近两村，仅有2500人，但已由陈嘉庚氏筹设六校，虽则校中学生以来自他处者为主，然而究竟未免学校太多，致教育的真正力量，未能在这狭小的区域充分表现出来。以理想言，如把这些学校或其大部，在人口众多的区域内设立，其可能发生的效力必更大无疑。

由集美至同安,现时已有汽车路,其资本大半出自泉漳的南洋华侨,或已归国者。汽车路的经理与技术人员,多半是由南洋回国者担任。同安地瘠民贫,幸赖有许多出国的迁民。或往菲律宾,或往东印度,非但改善他们自己的经济生活,即对于家乡亦时常汇款接济。

福建海澄县属新安与霞阳,俱滨海,向来是著名的南洋迁民区域。新安人口不过5000人,近一百年往槟榔屿者其人数已超出此数。新安只一族丘姓,祠堂号诒谷堂,势力鼎盛。族内分好几房,每房俱有往南洋者,发迹后辄寄银归来。本房人接收此款后,必包括修建祠堂一项,因此一族之内,有祠堂几所,每所系由一房在南洋发财者出资兴建。丘氏某房的祠堂曰龙山堂,其势力特别雄厚,在新安、槟榔、仰光俱有伟大的建筑。龙山堂的祠堂名正顺宫,供奉大使爷及王孙,显示英雄崇拜的本色。相传新安丘氏,晋时自中原迁闽,最初卜居泉州,后迁海澄。据族人言,自八世至二十世尚有谱系可考(但新安无谱),现新安丘氏是思字辈。大使爷指谢安,王孙指其侄石。谢氏于淝水之战建立奇勋,丘氏在中原时必深景仰,因此于南迁后尚立祠崇奉。新安正顺宫的大门前两石柱是豆青石，非但颜色悦目，且质料极佳，为他处所罕见。每柱上有盘龙，雕刻的技术极精。屋顶上有几盆磁制人物，磁有各种颜色，人物出于历史及传说故事，采自通俗刊物，如《三国志演义》、《封神榜》等。豆青石在新安三都及霞阳各处极多，普通用作祠堂庙宇及坟墓的装饰。有些豆青石运往南洋，余在爪哇三宝垄建源公司的大门前所见者叹为与闽南的最精品不相上下。泉州产石亦多，但非豆青石，往往用石做窗或铺地等。海澄丘氏故居，现已破败不堪，但所用的豆青石，门与地平尚完好。青绿的石，颜色匀净，条纹平正，入眼帘时，最能使人心快神愉。

新安滨海，明末就有外患，碑石纪倭寇事已两见之。

海澄困磘农场主人林马地，向在马来亚 Trenggano（星加坡东北200哩）经营锡及钨矿，因逢世界不景气，于1927年返闽南，经营新式农场，用近代式方法栽桂圆、荔枝，养猪，养鸡及蜜蜂。余问之曰："你的新式农场必有许多农夫模仿吗？"答曰："没有。"过林氏农场不出一里，到一农夫家，其农场规模虽较小，但所用的方法与林氏仿佛，余目睹林氏对于邻近农夫发生影响，但余的问题太唐突，使林氏不知所答，因此得不着真实的答案。林氏喜狩猎，在马来亚时曾打死一虎，用单铳鸟枪内装子弹一枚，圆形似球。虎离猎人四五十码时开枪。此项子弹力量甚大，法国制者最佳。困磜附近山中近有虎患，县政府派猎人及守兵打虎，不得虎，请林氏。林以马来亚打虎法得之，出照相示余，余并在厦门大学标本室，见虎皮标本。余并于林氏农场书架上见养鸡书一册，前清华农场养鸡技士王君所著。

四、西江流域

广西人往南洋者自近年始，人数亦尚不多，西江沿岸数县如贵县、郁林、容县、北流等，每年俱有出国者。大致往荷属网甲岛、万里洞岛做锡矿工人。此等人大抵抢广东人的饭碗，如梅县人及潮汕人等。广东人往南洋者较有历史及经验，往往向雇主要求较优的待遇，因此有时不受欢迎，且管理亦比较困难，因此荷属资本家往往以广西人代之。前述数县的乡村，生活费向来较低，乡下人从无出国的经验，对于待遇亦时常不提条件，几乎完全接受雇主的条件，因此即使在不景气时期，每月尚可出口200人以上。广西人大概先到香港，在港有荷兰属地的招工机关，先在港成立契约，然后出国。

由梧州至南宁约1100里，余乘广西省政府汽车，晨五时半起身，晚八时半到达，如乘公共汽车，须一天半可到。汽车所经地从前时有匪徒出没，目下一路平安。沿西江而上，风景颇佳，无山岭。到南宁才见山。过南宁约一百里为武鸣，山渐多渐奇，往往平地有山，山甚矗，有时甚高，忽然间由地面出来，在远处望之，几与地面成正角。俗语云："桂林山水甲天下。"实际自武鸣起始，其山及水已较我国他处为佳。

广西省政府设在南宁，实行合署办公。凡从前需用公文及电话者，现在可用直接谈话的方式，因此减少耽误，提高行政效率，此于中央及地方政治的改良，有重要的贡献。

省政府职员的勤俭，最足令人钦佩，自最高长官以至低级员司，俱用国货服装，据说每人的全套服饰自帽至鞋，不出国币十元。友人某君新自上海来，服务于省政府，初至南宁时用西装，三星期后即改着国货中山装。

我久慕广西民团之名，在武鸣所见者有极深刻的印象。民团每人的服装简单而整洁，床上铺饰亦干净，起居有定时，生活有条理。每日所得的训练，包括政治经济及社会的初浅常识，耕种养蚕的技术，自卫及自治的理论与实际。民团的训练不但注重军事的知识，并且灌输公民的常识。

自南宁至武鸣途中，余见茶花盛开（时值阳历十二月），有白色者，有黄色者。余采花数瓣夹于笔记本中，十年后取出视之，尚不腐烂。

第二章　东印度群岛

民国二十三年十二月二十日我在香港乘坐荷兰百格华（KPM）轮船公司的（Tjisondari）号轮船向爪哇驶行。遇耶稣圣诞节，船中循欧俗，于晚餐时预备盛宴。逢此佳节，我不免怀念家中。但近年来我往往因事不能在家过旧年或新年。此次新年将到，我尚在海上，亦并不感觉奇异，所有稍觉不适之处，即天气越来越热，我虽已改换白帆布西服，尚偶尔流汗，因我们正向热带航行。回想北平此时，结冰厚逾一尺，差别未免太大了。

有一日，船长告诉我，刚接公司的电报，要改向西贡驶行，以便装载白米二千吨带往巴达威。船抵岸时，我携护照拟登陆，预备与华侨团体初步接洽，以便日后到此调查时可以顺利进行。船埠安南警察阻止我登陆，船长劝我不必词费，为我做保证人，我拜访华侨商会及学校数处即返。

抵巴达威的前一日，船上预备一餐欧化的马来饭，据说这是热带航行的普通习惯。我最欣赏虾饼，因其味美，且容易消化。顺便用辣子油少许盛入小碟，与菜食调味。入口仅数滴，泪流，汗出，两唇有难合之势，这是我尝试热带辣椒的第一次，以后时有戒心，再未敢大意。

我所坐的轮船，一等客人仅三人，除我而外，尚有爪哇的侨民夫妇二人，他们游历世界后乘轮返国。其夫为某纸烟公司经理，初通英语，下面所述，总括其数次的谈话，使我对于爪哇的迁民及侨民生活，得着一些概念。

曾祖父母俱在爪哇生，曾祖父之父由闽南乘帆船渡海至爪哇，娶土人妇，以卖花生为生，每包荷币一分，稍有赢余后由爪哇华人处买进棉花，以放账法向土人卖去。根据目前的情形说，在爪哇的华人不做工人，但有时候当工头。有许多的迁民，到爪哇后，只有一个人，往往先摆小摊，如生意得法，即招请在中国的亲属渡海相助，因此华人的商店以家为单位。

纸烟工厂有工人300人，75%是马来人，其余是爪哇侨民。与土人同化的侨民，有时很难辨认其是否中国人，但在言语上可以区别出来：例如侨民往往称中国人为Tawkey，如马来人则称中国人为Tuan。侨民的住房亦往往同化于土人，但如门上有三字横匾，红纸黑字，那可断定此家原有中国人血，否则为马来人。

商业银行与保险公司普通雇用华人为付账员，付账员须有保人，因其长于侦察假币，政府银行与当铺则雇用马来人为付账员。

南洋的中国人常开小店，资本不丰，往往自100盾至300盾，以卖食品、煤油及其他杂货为多。厦门人开肉铺或卖豆腐及罐头食物。海南人有时组织公司，厦门人则否（厦门侨民则有之），海南人比较勇敢，说流利的马来话。广府人往往经营大规模的家具店。

旧式新年仍保存，放假15日，清明不上坟，但访亲友，有宴会，端午赛船，其地点在Tangerang，离巴达威30哩，那日每人吃粽子（Batjang）。

上等华人住宅仿欧式,下等华人住宅是马来式。婚丧礼节大半用中国习惯。

广府人在家时,教儿女说广府话,厦门人教他们说马来话。

旧家乡有时候有人无理由地到南洋来要钱,使人讨厌,闽南地方治安又不好,这些是厦门人不敢返中国的理由。

爪哇的迁民多爱祖国,但侨民的爱国心,对于中国及爪哇各得一半。

一、爪哇

(一)巴达威(二十四·一·三)

爪哇谘议局(Volksraad)侨民议员

爪哇侨民依他们的感情可分三派:

(1)自认为中国人,虽然他们是在爪哇生的,在法律上是荷兰籍民,但还自认为中国人。他们愿意担任义务,并要求权利的享受。他们的观点以为从前是只有义务而没有权利的。

(2)侨民不愿做荷兰籍民,但接受以血统断定国籍的理论(jus Sanguinis)。

（3）虽生于爪哇，但不承认荷兰在爪哇的优越权利。他们愿意同化于荷兰，被认为与荷人同等。此等人占极少数，无势力。

上述（1）与（2）在文化与感情上俱自认是中国人，（3）在文化方面，愿同化于荷兰。1911年中荷关于国籍问题，举行外交谈判，结果承认"凡在爪哇的中国人，称荷兰籍民"。当时一般的舆论，以为中国出卖爪哇的同胞。

荷属西印度（Surinam）在境内只引用一种法律，因此无论何人，可得着公平的待遇，但在东印度则不然，有时候法律只有一种，有时候不止一种，因通用于欧人的法律，有时可不适用于土人或中国人。因此种族之间显示法律的不平等，这是东印度华人激发民族主义的一个主因。以政治活动言，侨民有两系：

（甲）中华南洋党（Partai Tionghoa Indonesia）党员自认爪哇为父母之邦，应享受各种权利，但爪哇政府认此党为非法结社，开会时往往派侦探监视。

（乙）中华会（Tiong Hwa Hwea）会员有选举权，系正式政党，侨民领袖多属之。

（丙）新报系　此系多数为迁民，完全同情于中国；少数为侨民，以《新报》为机关报，他们有时被称为东方外国人。

秘密结社

秘密会社名目甚繁，大致由洪门会分出，在Djocja有"三万兴"、"义兴"及"和合"会，每会有五虎将，专司攻打，被打死者其家可得200盾。遇有被打死者会中抽捐，除抚恤死者家属外，余款存会作公积金。宗旨不公开，无人知其详，但包括卖私土，聚赌，招娼，报私仇，位置私人于工厂等。近来因教育渐发达，秘密会社的势力渐减。

侨民食品

Batjang是一种粽子，用肉和米。Ba是指肉，Jang是指饼，Kweetjang是指米饼，用糯米及苏打。上述两种是普通食品，过节时必用之。

书报社

在华侨学校未成立前，凡华侨较多的区域有书报社，孙中山游南洋时有机会即提倡，此不独是阅报看书之所，实亦革命同志聚集之地。

陈炳丁（二十四·一·十）

爪哇的治安最令人钦佩，一般的人家虽夜不闭户，亦不致遗失物件，但近来因土人的贫穷者增加，因此小窃渐多。

30年前本人自福建安溪来，民国二十年曾偕荷属考察团20人回国，三月二十五日到北京，本人自到爪哇以来共回国四次。

爪哇大宗出口货有咖啡椒（白为上品，黑为次货）、椰子、糖、石油等，运往美英荷德者多，运入中国者少。

世界不景气以后，市价大跌，出口货数量大减，爪哇华侨中个人有势力者人数尚多，但一般的团体俱无势力，足见团体活动尚不发达，大规模公司甚少，且不容易组织，因家族观念太重。

国货不能畅销于南洋的主因：（1）商品成色不一，不能标准化；（2）汇水太高，特别自欧战以来，外币增价，华币跌价；（3）我国缺乏银行及海运的便利。

菲律宾、马来亚、东印度的华侨曾三电蒋委员长请派十九路军驻闽并维持治安。

爱国者应注意家族及国家，华侨对于祖国应提倡教育及兴筑道路。

柯全寿

柯氏祖先为闽南籍，本人为巴城侨民领袖之一，曾在荷兰专习医学，归爪哇后除行医外，对于地方公益事甚为努力，近年来与侨胞绅耆创办养生院，非特治疗疾病，且对于各种卫生事业广为提倡，例如妇婴卫生、环境卫生、流行病的预防等。

Hon. H. H. Kan（二十四·一·十）

东印度华侨大致崇尚个人主义，合作的精神不发达，欧人民族性与华侨有别，因欧人尚合作，华人则否，虽近年来渐有变化。

爪哇的简家本姓韩，韩出继于简，简在巴达威已有四代，270年前韩第一代祖宗先到泗水，并娶土人为妻，谱系中有数人是 Regents。

本人到南京时不爱孙中山墓，因中山墓是新式建筑，本人甚钦仰中国旧建筑及旧美术。

在表面，侨民的习惯有一部分似土人，一部分似欧人，但侦察他的内心，还是一个中国人。侨民可以娶土人为妻，但所生的小孩往往仍有中国小孩的心灵。

欧人与侨民很少社交，本人虽受欧人的平等待遇，但不愿和他们老在一起。

（荷印总督曾至简宅拜访一次，据说这是爪哇华侨的唯一光荣。）

天主教神父（二十四·一·十一）

有许多在爪哇的中国人无法研究孔教与佛教，因此信仰耶稣教者人数渐增，特别是三宝垄、泗水、苏罗等处。中国人渐不满意于旧式宗教，渐向耶稣新教找出路。习惯式的家庭渐崩溃，奉祖的仪式亦渐衰。

旧家庭内尚有保持旧仪式者，但仅是仪式而已，精神已失。在有些人家，丈夫焚香，因按习惯他只好如此做。但夫人不模仿丈夫，实际两人俱不知真正的意义。

中国人的家庭，大致用家乡的方言，不说英语或荷兰语，少年大半近代化，打算摒去旧信仰。

回教势力不大，虽教徒甚多，道教佛教孔教势力渐衰，耶教势长……迁民与侨民有同样的情形。

以数量言，新教徒多于天主教徒，但以教会组织及精神言，天主教势力渐强，在爪哇南部，新教渐盛于天主教。

天主教咒骂资本主义，及反对不道德的习惯，这些在礼拜堂内及在学校都能见到，天主教尊重中国习惯，但劝人避免轻佻的服装。

天主教学校教人尊重父母，并教人谦恭守妇节……

这些与中国哲学相符。

天主教学校遵守政府命令。但再加上对于智育及人格的发展，因此必须依赖宗教。学校注意荷文，上课前与下课后俱做祈祷，人格的培养要借重教育，宗旨使父母与儿女知道生命的价值。

校内的学生，教徒选习宗教一课，非教徒选习哲学，教材中注意生命的意义、诚实及公平。

课程除依照政府规定者外，加音乐队、歌唱与器械音乐游戏演说戏剧。

教师俱是教徒，有一贯的人生哲学，学生大致男女生分校上课。

（二）茂物（Buitenzorg）

汤氏家祠

茂物为荷印总督驻在地，街道清洁，树木繁多，有植物园，其所收集的植物，种类甚多，为世界上著名公园之一。

总督府近处有汤氏家祠，汤氏为巴达威侨民望族之一，其家祠号称九承堂，公历1900年建立，有汤长弥一世祖及戴氏神主，光绪二十六年匾。屋内陈设仿厦门习惯，如桌椅、烛台、香炉及祭品等。壁间悬祖宗画像，男用西装或中山装，女用马来装，男有一人挂嘉禾章及甲必丹勋章，室内悬中华会学校照相一帧，另一处有康有为题字，正屋旁有墓地。坟墓及石刻亦模仿厦门乡村的艺术。

兄弟会（Shiong Ti Hwea）（二十四·一·九）

兄弟会成立于1918年9月9日，用孔子语"四海之内皆兄弟也"作训语，会员是男子，并是公开的，人数2000人，支分会在东印度者，共22处。本会与华侨青年会联合，会内分若干组，成年与青年分别组织，注意学术演讲、贫穷救济等，内中学术演讲特别注意孔子哲学及欧西科学。关于科学部分陈承厚君解释云："Zeiss早年是一个技士及小商人，遇见Prof. Abbe得着关于玻璃制造的科学知识，毕竟成了世界最精良的玻璃制造厂。我们对于侨胞办愿意灌输科学的知识，已由椰子油、肥皂、酱油、巧克拉糖的制造开始，至于关于法律、医药等，本会已无费地供会员的咨询。"

十九路军发动以后，大学学生十人组织本会大学组（1926年10月10日），其动机在讨论中国问题，不久会员增至180人，算是本会会务重要部分之一，其他尚有公众卫生、汉学等组。

（三）三宝垄（Semarang）

三宝宫

郑和俗称三宝公（或三保公），据爪哇民间传说，三宝公姓王，有时亦称王三宝（或王三保）。爪哇土人称为Dampuawang，传说他是船长，指挥船夫靠岸，得救，他的助手（1st officer）Djoeroemocdi（Jurumudi）着马来装，虽系华人亦用土人习惯奉侍之，三宝公庙的建筑及室内陈设，与闽南及粤东各庙相似，有雍正二年匾曰"寻弥流芳"，另一匾曰"保佑命之"。以阴历六月二十九日为三宝公生日。求神时用符及签，并有直立的木签，这是依照本地习惯称为Mesan。凡求神而应者插一木签，以示敬意，每六个月后木签插满于座前，必须悉数收去以便新木签可以插入。每年演影戏（Wayang）一次以酬神。

按《明史》，郑和对出使事，自己似无述作。但其同行者有马欢（会稽人，著有《瀛涯胜览》）、费信（太仓人，著有《星槎胜览》)，各有著述。尚有巩珍（应天人，著有《西洋番国志》，惜其书不传，钱曾的《读书敏求记》中曾提及之），虽有著作而不传。马欢信奉回教，因"通译番书"而随郑和"下西洋"，对于所经历各地略述其风土人情。依今日爪哇民间所传，三宝公有助手用马来服装，或系误指马欢亦未可知。目下爪哇土人按马来的风俗崇奉三宝公的助手。庙前有直立的大木一杆，其上雕刻人头数枚，类似图腾。

黄仲涵墓

黄宗汉号仲涵，原籍闽南，为爪哇华侨最富者之一，死后葬于三宝垄，坟地甚宽大，式样一如漳厦旧习，墓前有极高大的门。门是水门汀制的，门有铁锁，平时不开。入门后见水门汀圆形墓，墓旁植树，墓前用水门汀铺地，墓碑有文曰："大荷兰王庙钦赐玛瑶黄仲涵之佳城，民国十三年六月六日吉立。"立碑者子 12 人，女 12 人，孙男孙女各 5 人。

上述玛瑶（Major）为华侨社区的最高名誉职，由殖民地政府委任，次于玛瑶者为甲必丹（Captain 或 Kaptien），再次为雷珍兰（Lieutenant）。殖民地政府就华侨中之有才能及声望者任以前述之职，俾其管理一切事务，如代殖民地政府征收捐税、承包生意等，但无薪金。惟承揽生意时，自有利润，且于代收捐税时可扣一小部分，作为酬金。巴达威第一任甲必丹为苏鸣岗，时为明万历四十八年，即1620年。

（四）泗水（Soerabaya）

蔡氏（二十四·一·五）

蔡氏（Tjoa）为泗水望族，其始祖出于福建漳州龙溪县蔡坂，自其始祖于1750年航海至爪哇，世居泗水，即承继于周氏（Tjioe）。后蔡又与韩（Han）及郑（The）通婚，近150年来蔡周韩郑遂为爪哇侨民大族，非特人丁繁衍，且于政学商各界俱占极大势力。蔡氏有子曰绪远（Sie Wan），正当壮年，本姓周，出继于蔡，父全庆母郭凝娘亦系出继者。周氏迁至泗水亦颇早，其始祖曰炳摘，生于闽南溪州尾竹林乡牛沟厝，此人生于1843年，卒于1878年。由蔡氏祖坟的墓碑，可以考察周韩诸姓一部分的姻缘关系如下：诸族所崇奉的神主，其最久远者有周炳摘、怀娘、陈孺人及周承辉，稍后者有韩振泗（甲必丹）、陈氏（乾隆四十三年）、韩青苑、林温淑夫人（乾隆戊子年）等。

蔡氏先代有娶土人妇者，因此其族于初迁爪哇时，即获得一部分政治势力。在1790年蔡归全与爪哇公主名Njairorro Kiendjeng者结婚，其后裔甚繁，至今存者尚不下数十人，内中有数人对于政治及经济颇拥大权。实际蔡氏一族早已富有，在1791年时，族中已建造祠堂，延至143年以后（1934年）此项产业依旧保留，从未易主，在蔡氏谱系中，知其先代有甲必丹Sien Tik在Girsseh充华人领袖，其墓碑载下列一段云：

Tjoa Sien Tik（Kaptien-Titulair）in Service 20.10.1888—11.4.1921.

Born 1830, Died 1928, Golden Star 1918.

光绪丁亥年（1887）两广总督张之洞委派提督王荣和南来宣慰。莅泗水时，蔡辉阳（名承禧，字纯嘏，号辉阳）在望加兰"祖屋"（南洋华侨通称祠堂为祖屋）举行盛大欢迎会，辉阳旋被封为奉政大夫（蔡氏墓碑称辉阳为大座侯）。泗水老华侨潘炼精尚知其梗概，为述如上。

王荣和题蔡氏宗祠联云：登显秩以光前，轮奂楼台，钦命微臣，留欢十日；扩宏图为裕后，精神道德，济阳贤裔，题柱千秋（寅赠仆衔命到泗留写）。

王荣和题辉阳公联云：父能慈，子能孝，启后承先，永绵世泽；富润屋，德润身，非官即隐，定是高贤。辉阳公墓碑有爪哇文，为南洋华侨社区各建筑中不多见之文献。宗兄沧泰为作墓碑（光绪十八年），称辉阳公为大座侯，沧泰时为垄川甲必丹，其汉文墓碑如下：

大清光绪十八年，岁在壬辰菊秋之月，泗水大座侯辉阳公以书请余志其寿域，因知自其祖父大振乾坤，孝道传家，多授我之恩爱，我由公之尊甫，胞叔视余犹子，恩义兼尽，继而视余如亲兄弟，以吾一日长乎公，不以吾之不肖而信愚不私其所好，泰虽不敏，谨就目见耳闻之弥实者，叙述其事。公系吾家蔡氏，名承禧字纯嘏，辉阳其号也，生于道光十六年丙申五月二十日酉时，即和一八三六年七月初三日礼拜（按：和即荷兰，指西历），世居泗水之乡，七世传至公，克绳祖武，守业日新，创业日丰，生财大道，垂统儿孙，功倍前代，知有德者自有其土也。与人恭而有礼，行同善之道，俭德规模，即为宗族乡党所矜式焉。泗之人口碑载道，无庸余赘也。溯自和〇年（按：和字下指示年份的数目字因碑文不辨，故缺，下同），公登弱冠，娶韩宜人为正室，生六子三女，和〇年得邀和王恩遇，特授雷珍兰职，和〇年迁大旺舍里，蔗部（按：大旺舍里即Tawangsari，在爪哇中部，蔗部指甘蔗制糖厂），可谓财丁贵兼而有之。不意于同治元年壬申十二月初六日午时，即和一八六二年韩宜人讳谦娘溘然仙游，伉俪相庄，不永其年，惜哉。尔时子女未曾娶嫁，哭泣悲号，令人不忍视听，而公中年丧偶，宜悼亡肠断之难为情也，然拂逆之夫，安知非造物眷德以为后移之地。幸于同治十三年壬戌四月十六日即和一八七四年公续娶谦娘之妹名恭娘为继室。宜人生于咸丰九年己未三月初三日寅时即和一八五九年。历有年所，生育五子三女，前后嗣续蕃衍，远胜荀笼宝椿，换成麟趾凤毛，此则公之孝也。于和〇年，禀父及胞叔胞姑，善之，立定亲戚公祠之例，得授吧王（按：指荷印总督）函书，和〇年第三号之国例，又再补定和〇年十月九日第〇号之国例，惟是将其七世祖原居古宅，立为祖庙，置祭费，俾世世子孙皆奉蒸尝，庶乎无忘祖父中兴功德，善继述之志，以宏祖之好善施舍墓地之道。公造寿域在巴，坐东向西，前对姻戚列墓，坐西向东，以祖坟为中尊，坐北向南，左父右叔也。和〇年解组家居，不任国事，受书钦赐雷珍兰。自此堂开绿野，杖履逍遥，不减平泉乐趣。和〇年买置咖唠（按：即 Koepang）大地至其蔗部。和一八八九年命其长子全庆买亚葛（按：即 Ngagel）大地并其蔗部。闻太封翁在日尝谓全庆曰："汝买葛地，吾喜而不寐，乐以忘忧，所谓'朝闻道夕死可矣'之愿耳。"夫葛地者，太封翁少时以父命具菲于斯，其至死时，尚为他人所有。今喜看长孙买回旧业，故云尔也。和〇年又合兴班地布置旧蔗部，运筹计裕，财利之丰，蒸蒸日起，尤庆幸者，于光绪十八年壬辰五月十九日，即和一八九二年公恭承皇朝圣恩，给予府同知职衔，诰授奉政大夫，其光前裕后，流芳奕世，良有以也。斯时公膝下有子八人，其一出嗣。女六人，俱正室与继室两位韩宜人所传。又有庶子一人，庶女四人，侧室叶孺人所生。内孙三人，内孙女六人，外孙三人，外孙女六人。公之嗣续如螽斯蛰口，绵延未艾，书所谓"九畴五福"，如公者其庶几乎。公行年五十有七，躯体强健，无异少年，方以南山比寿，来日正长，寿考期颐，问安○颔。死当然耳，余重其世家，立法相传，窃纪其事实之大略，铸于乐石，使绵长久远之事，俾后人观感，若列眉指掌之鉴，以大座侯辉阳公所请是为志。壬辰九月初九即和一八九二年十月二十九日，垄川钦加甲必丹宗兄沧泰敬题。

辉阳公生前请宗兄沧泰志其生墓，此系爪哇华侨中殷富之家的普通习惯，例如蔡绪远陈械娘生墓即在其旁。绪远对于其父母之墓，有特别的题词如下：

蔡全庆郭凝娘之寿域，至圣二四七○年，即和一九一九年，男绪远女蛰娘榴娘翕娘同立石。

绪远好读书，少时请旧学先生，在家中讲四书五经，虽造诣不深，然亦能举《论语》、《孝经》等名。

绪远云:"从前巴达威中华学校讲孝道,自民国革命以来,教员多讲自由平等各主义。"

我至泗水时遇蔡全裕之丧,棺陈堂前,用爪哇名木 Jati Wood 为棺,值一千盾,阳历一月十六日出殡,但自一月五日起即开吊,儿女二人方在荷兰求学,乘飞机归家奔丧,二人俱穿白短衫裤,头围白布巾(跪拜时围在头上),赤脚。孝子跪,吊丧者或拱手或鞠躬,孝子戴孝27个月,五日晚行典主礼。

林徽业(二十四·一·四)

混血认为对于华人不利,祖母是侨民,但自100年以来,混血就减少了。土人文化简单,著名的懒惰,他们又不懂卫生,华人与之混血,不啻降低人种的品质。在历史上爪哇华人无教育权利,当时能入政府学校者,仅甲必丹的儿女,据说收费高出于荷籍的儿童。1901年中华会馆创立学校。受康有为、林文庆的鼓励以后,华人渐知注重教育,荷印政府对华侨的新活动,以为系民族主义发展的先声,为缓和计,乃逐渐推广教育于华人。同时端方在南京亦提倡华侨教育。

南华足球队,第一次于1909年自香港来(足球健将李惠堂来过三次),服式整洁,精神焕发,并于谈话间报告祖国各方面的好消息，激发侨民的爱国心。

泗水华人会社共44处，有商务、慈善、赌博、埋葬等类。泗水有爪哇唯一的文庙，光绪己亥年建。在各种会社里，迁民与侨民多可入会。20年以前，如迁民与土人打架，侨民或帮土人打迁民，因一般人以为迁民是穷人，又往往衣服不洁，对于迁民无好感。目下爱国心较深，侨民与迁民的感情较前融洽。

夜市（Pasar Malem）

夜市通称P.M.，市上可买各种物品，和国内一般的夜市相似，谅此类习惯马来人亦有，遇有公事如捐款造路等事亦每于夜市商品中，择其值钱者抽捐行之。旧历年前和旧历新年的夜市，其热闹远胜平时。

福清人放款

南洋闽籍侨胞以漳州属者为最多，泉州次之，福州人甚少，闽侯人有时充当管账员，福清人以放款著名。某甲如借款100盾，于借时实收75盾，以后每月摊还10盾，至还满100盾为止。

马来食品

马来人最普通的食品称Nasikrawon，是一种混合汤，内有牛肉米菜及液汁。Sati是烤鸡或烤牛肉，肉用树枝穿好，用火烤。饭于煮熟后用香蕉叶包好，虾饼称 Gruppo，吃饭时用之。

（五）苏罗（Solo）

《中国的独立女子》（Uit de Samenleving by Tjan Tjee Som）

此文为苏罗侨民曾君所著，见于爪哇东部 Malang 市中国女子协会所出的月刊，原文为马来文。余在苏罗见曾君，一年以后在伦敦亦见之。曾君为余译其大意如下：

在祖国，从前的社会组织以家为单位，此种可称"关闭社会"，近来渐有演化，以个人为单位。社会演化依照宇宙的定律，社会的变化因此和宇宙的变化同一定律。在古时个人好比是原子，个人与个人连合起来就成分子。分子得着了实际。

上述第一种的社会组织适用于爪哇。在爪哇，中国的家庭不因与其他民族接触而发生变迁，中国家庭依然存在，一直到西洋势力的来临。

欧西教育注重有实在智力的个人，我们说到欧西教育的基础，我们就指它能指示个人人格的价值。这有两种结果：（1）我们觉悟我们自己的教育单注重道德的观念，我们感觉到不能满足我们的需要，因此我们要得着智力的知识。（2）个人在社会的地位得着相当的认识。上述第二点即由旧社会的破产可以看出来的。

在以往，中国女子代表传统哲学里"阴"的原则，思想与行为处于被动的地位。目下她却遇着新的问题了，她要想独立，她对于男子要产生新的关系，但却不知道应该有怎样的关系。从前她过着单纯的生活，她的唯一目标是出嫁。

今日的女子有四种显明的趋势：（1）她醉心于西洋教育，并希望能自身享受。（2）她要求社会承认她是个人，并有价值。（3）她要求和男子维持社交，社交的一部要和从前一样。（4）她盼望近世式的教育能满足她的欲望。

在今日有许多女子不能出嫁，因为找不着理想的丈夫。不出嫁的女子自找职业以谋生，如教员等，但职业不够选择，因此她们构成社会问题之一。按照心理分析专家的眼光来看，有些现代式的女子，抑制她们的欲望，有解决的办法么？

H. Kraemer（荷籍天主教传教士）（二十四·一·六）

华人与土人在文化方面互有影响：Wayang 戏颇受

中国人的欢迎，许多中国人爱读爪哇文学与诗歌，有一书店并刊印爪哇神话。土人亦欢迎同化于华人的机会。在他们的饮食、住宅至耕种方法的各方面，有时候看得出华人的影响。

爪哇的中国人，按态度可分四类：（1）要想得着纯粹的中国环境者，毕竟必返祖国。（2）有些人只于必要时（如生意场中）用汉文，其余时间求得和他民族接触的机会。（3）侨民的一派以有中国人的血为荣者。（4）侨民的另一派业已同化于土人，并自认是本地人。荷兰政府对于保存中国的旧文化倍加努力，并令中国人更尊重中国文化。

耶稣教对于青年的运动，曾引诱许多学生由中国来，初来的学生认侨民是守旧者，侨民认他们为革命青年。

爪哇华人的受教育始于1908年，主因有二：（1）顺应世界潮流及一般的政治及社会趋势。（2）爪哇华人要求教育权，荷印政府见中华民族主义的渐盛，接受他们的要求。

爪哇影戏

爪哇影戏通称为哇阳（Wayang），其最可注意者，即其傀儡的头形，尖长而可怕。此种影戏，有宗教的意义。据说爪哇原来的信仰，称为皇家神（Royal God）。佛教未传入前即已盛行，最隆重的祀奉，在中爪哇，地名Djojia，称为Borobodur，那是一座大塔，底最大，尖最小，形似金字塔，塔底周围逾一方哩，分层向上，每石层上刻有许多菩萨，这些菩萨描写乔答摹悉达的生活，愈向上其层愈小，最上层奉皇家神。皇家神是爪哇原有的信仰，菩萨是由印度传入的。哇阳影戏是崇奉皇家神的一个节目。在802年，爪哇贵族Jayavarman往柬坡寨为王，将皇家神介绍于克茂尔民族，其最显著的遗迹，即安哥的石神及石宫（见第四章"暹罗与中南半岛"）。

二、网甲

网甲岛（Banka）或称邦加，为东印度群岛之一，岛上产锡甚多，与万里洞岛同为东印度锡业最发达之区。但网甲锡矿大致为荷兰政府所经营。万里洞岛的锡业以私人所轻营者为多。我国往南洋的迁民，很早就有往网甲从事于锡矿的，俗称"猪仔"者是也。

余由巴达威至网甲岛的文岛市，乘荷兰轮名曰

M.S.Ophir。同行者有侨民刘炳恩,此人在星加坡、曼谷、西贡与巴达威俱有商店,运销食米、橡皮及腌鱼、燕窝等货,其主要职业为经纪人。一日为余述其家世并对于国内与国外的观感云:

> 八十年前祖父到星加坡,有弟兄六人,俱在星,有堂兄弟30人俱在汕头及邻村。本人14岁往星,已住20年,中间回国两次(1926及1932)。第一次回国时与同村女子结婚,有儿女四人,二人肄业于小学,一人在中学,俱在家乡,每年共付学费约一千元(国币)。目下与家人常有信来往,个人志愿将来预备回国。在中国无商店,每年至旧历年终,寄国币数百元回乡,救济贫民。
>
> 在1932年2月2日,老家全村被盗,本人回乡时,甚觉不快,恨政府缺乏保护人民之权,并随时征收不正当的捐税。据说汕头征收两重香烟捐,但顾客买香烟时尚须付印花税,捐税之重,令人难以负担。市内道路狭窄,铺修不平,难以行走,乡村尤甚。

本人以为在星加坡的经验，对于家乡最有益者为下列二事：（一）学校，（二）医院。认学校与医院对于个人及社会俱属不可缺少者。如乡村缺少学校，可以酿成人民知识不开。星加坡的中国人，因阅新闻纸及有入学的机会，知道1931年中日在上海的冲突，表示教育的力量及用处。不但如此，乡村只有农业，但星加坡第一大商埠，市内有许多职业，可以使得中国人有谋生的机会。

星加坡的中国人，大多数尚吃中国食品，那是由祖国运入的，妇女的服饰，大致和在国内一样，足见习惯难改。

（一）槟港（Pankal Pinang）

黄荣景（二十四·一·十三）

锡矿契约工人，通常于一年中做360工，头半年每工得荷币二角四分，以后增至每工三角六分，以后三年不改，此后增至每工四角一分，五年以后增至每工四角一分。食品俱由公司供给。

自由工人每日工资荷币六角，饭食自理，如在公司吃饭，每日扣工资一角七分。

第一次合同为一年，以后是否续订听工人自便。

J. C. Mann，Resident，Pankalpinang（二十四·一·十四）

网甲与万里洞有中国人约10万人，网甲前有矿工22000人，现有3200人。自世界不景气以来，产锡较多的国家订立国际协定以减少锡的产量，至原产量的1/4。万里洞前有中国矿工18000人，现已减至3400人。（按：锡矿采用机器以后，亦是矿工减少的主因之一。）

矿工大致是未婚男子，契约以两年为期，约满续订者占八成，未续订者可做自由工人，回国，或入他职业，入椒园或橡皮园者约2000人。

网甲中国人除3000矿工外，大概经营小商店或为椒工。未回国者娶土人妇，在岛上常住。客人多于厦门人，信回教。但下列各市Djiboes、Belinjoe、Soengaliat因华人尚聚族而居，少与他民族往来，因此保持高度的中国文化。全岛有中国家庭约12000家，其经济状况大致胜于土人。

网甲前有荷人600人，万里洞有荷人10008，自不景气来临后两岛减至6008左右。网甲有土人107000

人，万里洞有土人44000人，网甲全人口一半是中国人，或有中国人血统者。

Hensen总工程师（二十四·一·十四）

契约工人于一年前只招收新客不招老客。契约期为两年，满期的工人送回中国，约满后愿留岛者付150盾（如不续订契约者）或付75盾（如续约者），约满留岛者约有八成。

契约以二年为期，凡工作7日者得1日之休息，每年有例假15日（内有旧历年假四日），例假日休息，工资照给。工资每月付一次，全数付与本人，以前本人每月得50%，旧年底得50%，因此有许多人回国，有储蓄的工人据说不在少数。

工作时间每日自晨六时至十时为第一班，自晨十时至下午二时为第二班，下午二时至六时为第三班，六时至十时为第四班。每人每日做满两班为一工，上班时间由工程师分组掉换，以资休息，例如第一班与第三班为一组，第二班与第四班为一组等。

工人按工作性质分帮，有40人为一帮者，有70人为一帮者，上述第二帮每日有60人做工，10人休息。

疾病率平均为1%，即每百工人有一人生病，大致是瘟疾，医药费由公司担负。

无工人学校，但工人可入普通学校即华侨学校。

工资每日自荷币二角四分至五角一分。额外工资每小时八分。工人如每日做工，满一月后得津贴一盾。契约工人每人每日得食品约六斤，包括米、咸鱼、青菜、水果等。

锡矿第二四（东盛公司）

本矿自1898年以来，继续采掘，工资近25年来无增加。宿舍在矿边，每屋六人，有沐室，有菜园，工人无费得红米、咸鱼及青菜，可在店买他物。价俱标出（契约上规定的无费食品为米、咸鱼、猪油及青菜），工资每日二角四分，另给六分以便买别样菜蔬。各人自己煮饭，或合伙煮饭。

矿上工作	72人
其他	40人
地面工作	22人
休息	25人
病者	3人
游荡者	3人

管理处服务者　　　　　12人
总计　　　　　　　　　177人

中华学校（二十四·一·十四）

政府学校一，荷华学校一（有学生200人），马来学校一，荷兰马来学校一。末一学校为私立，余由政府出资。

中华学校为私立，有学生600人，每月可收房租360盾。市政厅每年津贴2000盾，尚未向当地政府立案。课程有中文及英文，并大致按教育部定章，但无三民主义。学生以迁民家庭的儿女为多，侨民的儿女大多数入政府学校。

本校每月可收学费1000盾，每年总用费2万盾。

炼锡厂（二十四·一·十四）

炼炉一，工人一百二十，一昼夜分三班，半夜十二时至晨八时为一班，工人按一星期掉班（日班与夜班对掉）。最低工资每人每日荷币七角，一月中如不旷工，加津贴二盾五。炼炉工人工资每人每班一盾二五，工头二盾，一班有工头二人，工人八十八。宿舍即在邻近，无宿费，饭食自煮，已炼锡取出炉时无保护物，但据说无灾害，炉虽四面通风但热度仍高。

锡矿工人（二十四·一·十五）

中国工人大减，理由有二：（一）世界不景气以来，产锡区域互约减少产量。（二）锡矿增加机器。

华工减少后，雇主另雇爪哇土人（一土人与三华人之比），土人工资每月每人得五盾。

华工离矿者大致入椒园，土人不适宜于椒园，因椒工须勤，工作亦须敏捷而清洁，土人大致不耐劳。椒长成后必须上架，架用树枝如浙江乡间所见的豆棚，椒园长与广可逾三里，每架甚洁并整齐悦目。黑椒销于本地，白椒运往欧美，价较高。工人娱乐有民乐社剧团，戏目包括《李老三卖眼镜》、《莫义娘上吊》。一般的工人嗜赌，赌具有竹牌、天九等。赌场在饭堂或在卧室，下工后可以自由参加。

中华中学初中部有两班，学生26人，教员3人，已办两年，每月入款200盾，小学部人数较多，免费生占数十人。穷苦而有志者回国入师范科，毕业后返槟城，任教于华侨学校。在沈阳事变时，本地商会捐6万盾。

孙中山在东印度曾发旌义状七纸，网甲得四纸。镇南关起义时，款由此岛供给。汪精卫曾到此演讲，本岛华人加入革命者人数甚多。革命失败者往往返本岛任教员。国史馆以革命事业列传者，据说有两人是网甲岛华侨。

同盟会在此暗中活动，为时甚早，秘密加入者以迁民居多；侨民入书报社、同盟会或国民党者较少。

十九路军在福建发动时，本岛出较大的捐款。

从前中国人见西人到来往往让位，近来则否。

全岛网球比赛，华人曾得冠军，他种运动亦有华人参加者。

不景气来临以后，窃贼渐多，大致是土人，华人中失业者往往被殖民地政府强迫送回祖国。

老人院（二十四·一·十五）

老人院有许多无家的未婚男子，以矿工为最多，矿工如连续工作十五年，退职时每人每月可得津贴三盾，此院大多数人未得此项津贴。本院共收容117人，内有三人在医院。余所晤谈者十余人，概况摘录如下：

（1）雷州人，61岁，17岁时到此，未曾回国，嗜鸦片。

（2）肇庆人，59岁，38岁来，缺一手，残废已22年，未曾回国。

（3）海南人，57岁，17岁来，30年前回国一次。有鸦片瘾并好赌。

（4）北流人，59岁，29岁时来，嗜赌。6年前回国一次。

（5）桂林人（家离桂林市有一天之路），51岁，29岁时来，回国一次，在岛15年。

（6）肇庆人，48岁，24岁时来，未回国，在岛22年。

（7）海南人，60岁，28岁时来，在岛15年，未回国，嗜鸦片与赌。

（8）海南人，75岁，48岁时来，在院3年。

（9）高州人，60岁，16岁时来，回国一次，一望而知为鸦片吸食者。

（10）雷州人，66岁，23岁时来，回国二次。

（11）广州人，58岁，1915年来，未回国，鸦片瘾极深。

（12）北海人，68岁，29岁时来，已做矿工12年，未回国。

（13）高州人，73岁，30岁时来，17年前回国一次。

本院已办12年，槟城及邻近有其他老人院（余见过两院）。本院经费每年6000盾，由市政厅拨来。委员会九人，荷四人，华四人，马来一人，以本市荷籍长官为主席。

革命捐款凭据（二十九·十一·八）

孙中山先生游南洋时，往往向迁民及侨民募款，以资进行革命。有些人家尚保有此项捐款收据。中山先生因反抗满清政府，自立天运年号以代之：

凭 据

中华革命军发起人孙文收到。

某君捐助中华革命军需银一百大元。

军政府成立之后本利四倍偿还并给以各项路矿商业优先利权。此据。

经手收银人　瑞元（图章）会连庆书柬

天运戊申年正月十七日发给

（二）文岛（Uuntok）

K.F. Liem

此家是侨民领袖之一，其住宅尚反映中国建筑的影响，大门上所用的漆，颜色鲜明，有红与绿两色。

在白色的墙上，绘画《水浒》中的故事。饭食用西餐，饭具用刀叉，正堂上有匾二，其一匾的正文及上下款如下：

云琴甲必丹大大人喜鉴

甲　必　丹　大

文岛
　　众绅士拜题指书
八港

前述甲必丹大系大甲必丹之意，马来文把形容词置于名词之后，此匾的作者已深受马来文的影响无疑。

矿务局（二十四·一·十七）

全体工人中有60%—65%续订契约，对于此种工人，公司付75盾。如工人愿脱离契约者可自付75盾。

不景气以来，工人回国者甚多，在1928年有2583人，在1929年有2060人，在1930年有3274人。

政府出资的旅客，大致是统舱客，并契约工人，人数如下：1931年7226人，1932年8094人，1933年3374人。

上述数字包括矿工。在1935年，政府共出资运入

1200人，第一次约满，一半工人回国。

在1922至1923年以后，新客工资每人每日加五分，6%—7%是自由工人，30%是契约工人。在1934年20%工人有储蓄，每人平均有24盾，那一年回国的工人，有26%有储蓄，每人平均有55盾。前三年工资寄回中国者如下：1928年59000盾，1929年29000盾，1930年35000盾。

三、西婆罗洲

（一）坤甸（Pontianak）

坤甸公立医院（二十四·一·二十一）客籍人侨民荷兰医学士

在坤甸与山口羊，市内无疟疾，因水是流动的且近海，蚊虫难生于其中，痢疾及皮肤病较少，旧式医药尚盛行。和尚在庙内卖药，东万律有一老者，盘坐卖药。

在乡间，疟疾盛行，痢疾及皮肤病亦多，皮肤病土人患者最多，华人不太厉害。

华侨区域的卫生工作由天主教会担任（山口羊及Sambas俱有天主教医院）。山口羊医院内病人及治疗者 60% 是华人。

公立医院无床位，病人可来就医及取药，在 1934 年，来院治病者 22798 人，内中 50% 是华人。院虽收诊费，但甚廉。

夏密有限公司（二十四·一·二十一）

郭雨捷的父，坤甸侨民，60 年前与荷人合开公司，制椰油，及椰干。日出椰油 160 担，油用铅罐装，每罐 24 至 30 斤，制肥皂、灯油、生发油等，运往爪哇及欧美。公司亦销橡皮、木材等货。

K.P. M. 轮船公司航行坤甸与星加坡间已 35 年，华侨轮船公司加入航线已 28 年，余即乘公司轮 S. S. Senang 往星加坡。

马来工人工资，每日荷币一角五分，华人每日五角。

在坤甸，华人为零售商，因缺乏教育，不知组织，对于大规模的企业，难有发展的期望。

在 1925 年当地长官（Resident）于三月间召集华人一次，报告遗产局法律及一夫一妻制将在坤甸实行。

出街字（Kampong Kart）是身份证，必须带在身边，否则警察可以拘捕，适用于马来人及华人，警察裁判权（Politie-Law）是警察可以不用传票拘捕华人，监禁三月，不必审讯，此权亦适用于马来人。

华人以为上列两种法律，把华人视作与马来人平等，独对于产业的处置，荷人要把华人与欧人视作同一待遇，认为这是荷人的自私。

振强学校（二十四·一·二十一）

校创于29年前，与商会同时成立，每月可收学费400盾，课程按教育部定章，有初中二年级及完全小学，毕业生或往星加坡或回国升学或在本地做生意。

男校有教员6人，学生100人，用芳伯副厅旧址为校址。女学十余年前创办，有教员6人，学生100人，校有不动产。

学校未成立前，本市有私塾，授四书五经，教员俱由中国请来，师资欠佳，当时不授荷文，以荷文出路窄，现校中添英文，以便毕业生经商。

闽南潮汕，客人，三帮人数较多，影响学校的管理甚大。

荷印政府政治部，认国民党的宣传，对于激发华侨的爱国心颇为有效，因此禁止许多中国书入口，余所知者被禁的书籍已有570种，有些书籍与政治及民族意识毫无关系，但亦被禁。政治部主任每年到华侨学校搜查两次，遇必要时到教员家中去查。

本地闺女不易出嫁，因女多于男，女子亦不易找到相当的职业。

华侨对于下列各问题感觉焦虑：（甲）地域观念的打破，（乙）农村教育的推广，（丙）华侨学校的合并。

吴新昌（二十四·一·二十一）

西婆罗洲充满罗芳伯的轶闻，吴为余述罗的历史，今存其一部如下：

> 罗芳伯，梅县人，曾入学，在广东犯罪，200年前率会匪出国，到山口羊（Sinkawang）开金矿，并吞海陆丰人所经营的小公司，成立大公司，用洪门会名义自称大哥，俨成一方之王。后因拓展政治势力与土人（Dayaka，俗称拉子）几次武装冲突。土人要求荷人保护，荷人与罗起衅，后与罗成立协定，分区而治，东万律河（Mandor River）以西属罗，以东属荷，土人由荷保护。
>
> 罗奉洪门教，采十八兄弟制，自称大哥，此后由二哥及三哥相继执权。与罗同时者有江阙宋刘四姓。刘当权时荷政府请取消大哥名称，封刘

为甲太，以统属西婆罗洲各甲必丹。刘死后其子恩官不愿作甲太，迁米兰（日里）服务于荷，称甲必丹。恩官子名水兴，现往米兰已破产。罗原住东万律有办事厅今作祠堂。坤甸有芳伯副厅，乃后人纪念罗氏所建（动产与不动产共值5万盾），中华学校旧址所在，1925年焚于火。

宋子屏口述罗芳伯轶事（二十四·一·二十六）

宋子屏为宋七伯后裔，世居坤甸。子屏经营杂货业，粗通汉文，是坤甸的文化分子之一。荷印政府疑心子屏思想左倾，常常注意其行动。余到坤甸，子屏关于罗芳伯的故事，口述其所知者如下：

罗芳伯于壬寅年到西婆罗洲，离1935年为165年。上岸时经米仓（Sekilong）由勿里里（Perriti）入口。因Sultan的胞弟当时在米仓，与罗氏的同党人为难。罗到坤甸见Sultan不得要领，与兄弟18人，带兵116人往米仓镇压。罗氏为谋改进生活并发展势力，自愿往东万律征土人，当时土人在东万律开金矿。有小规模金矿公司，为汉人所经营者，晨五时即开始工作。罗氏先攻此公司，18兄弟俱化装，先捆该公司职员四人（内有伙长即经理及司书），到晨七时各重要职员俱就范，罗氏鸣木鱼整队退出。当时服从者约1000人，不服从者俱被杀。

罗氏第二次的奋斗是对于三星公司，离东万律约一公里。该公司经理刘贤，广东揭阳人。刘部下有6000人用大刀及长枪来抵抗，不敌，退竹围独霸一方，称和顺公司。罗在东万律开金矿，巩固自己的势力，三年后复与刘贤冲突，刘败退至河边入水死（Ajer Mati），和顺遂灭。不久罗至Montrado与大港公司发生争执，以和平方式调解之，自此处至山口羊属大港的势力范围，罗氏以东万律为活动的中心。

罗氏在东万律俨然是一方之王，于53岁登位，58岁死。在位之日曾与Dayaks开战。

罗氏死后传江戊伯，江亦18兄弟之一。江继罗志，驱Dayaks于山中，华人将耕地大量地展开，声名大震。清嘉庆时在东万律成立办公厅。中堂有"气贯九重"匾，厅门悬灯一对，曰"风调雨顺，国泰民安"。江掌权共13年，开会时用蜡烛，后虽已通用油灯，但遇开会时尚以燃烛为习惯。

江退职后，阙四伯继任。阙，梅县雁阳人，三年Dayaks作乱，杀汉人。阙得信，派兵征Dayaks不利，请江出。江乘帆船复任，在山上放火，平Dayaks。阙坐镇东江统兵出征，先至Lalam，后到Matang Tanam，有人刺Dayaks王。江率兵追至Sinkutan渡河，不幸木排翻，江遇救得不死，但军器尽失。土王亦以精疲力竭，降服并入贡。江返东万律，死时邑人建立忠义祠。

阙四伯执政六年死，江复位，遣四人返华办军火，四人俱不返。此四人俱蕉岭人，因此蕉岭人不许在东万律掌权。九年后江死，葬于东万律。

宋七伯继握政权凡20余年，用清朝衣冠及制度，坐享太平。

刘太王非18兄弟之一，但继宋执权，拟开发Bantu，因无资，向荷人借款，得华币约2万元。因合同系荷文，刘对于内容不甚知情。据合同如到期不能还款，刘允将物权让出，并包括政权的让与，因此东万律华人对刘不满，驱之。

继任者有古六伯，梅县人，十年后辞去，返梅县渡政治生涯。

谢铭铨继任遗职，亦梅县人，执政三年，因财政账目不清，受攻击去职。

掌权者商人叶鹏辉，似有义务性质，家人常任东万律，叶有事办公，无事则经商，据传说双峰林道干子孙与 Dayaks 通谋作乱，往征之。双峰离东万律约有二日半路程。所费较巨，但叶对于此事未与他人商议，不合民治精神，被讥为独裁。叶去职返华。叶临行时，留信一件致店中管账员刘寿山，嘱为继任者。东万律华人因前刘太王事件，尚未与荷人议妥，捐款并请刘寿山往巴达威办理刘太王事件。刘见闽籍玛瑷某君，此人长于马来话，由此人引见巴督，巴督出示荷文合同，允许华人在东万律的政权到刘本身为止。西婆罗洲 Resident 将此消息透漏于甲必丹，后由甲必丹转告于华人，华人咸痛恨刘寿山，由此酝酿革命。先以李添全为首，郭亚真旋即加入，在 Sarasen 地方储藏军火，起盖房屋，预备集合同志，乘机起义，Sarasen位于孟加影途中，离东万律约有五小时的路程。

适逢阴历七月十五日盂兰会，革命党人以鸟枪行刺刘寿山，不过火，刘惊惧，奔返办公厅，当夜往坤甸。刘走出以后，不久革命军到达东万律，古三伯（旧罗芳伯书记）优待之。革命军约200人，头带黄帽，用绑腿布，宣言云："拥护兰芳公司，打倒刘寿山。"但革命军纪律不振，欠饷并纵赌，舆论不服。

叶鹏辉子叶四，乘机杀革命党领袖李添全，并策画大规模的报复，Resident恐酿事端，往坤甸商量，决定把革命党人约30人，送亚齐（Atje, near Medan）。

刘寿山在60岁时，有意以长子亮官继任，不久亮官执政凡三年，死去，时年仅31岁，寿山复位，至71岁卒（甲戌年）时在坤甸，疑为人所毒死。

头人张书伯，因犯罪嫌疑解于东万律，不判罪，因张与宋七伯为亲戚，东万律副总制宋志安，前曾传说有杀宋阴谋，亦未判罪，荷人虽知其事，不干涉。对于亚齐事件，荷曾与刘寿山相约不干涉刑事。

刘寿山与何运甲（Billiton）争鸦片，不久刘死，刘柩停于高坪，刘婿叶汀帆秀才主张运于东万律。有人以为柩应停于办公厅，有人反对，卒乃停棺于学校。办公厅前棋杆升荷旗，一般华人才明了刘生前与荷密约。激烈分子立即秘密拜盟，三夜内已有数千人。荷人睹此情形，将荷兵撤至坤甸，仅留 Controleur 于东万律，以办公厅为住所，华人以为荷政府必派兵来，但三月荷兵不至。监主梁露二劝众人守秩序静观变局。有人忍耐不住放枪，Controleur 受伤，曾荣添以刀杀之。时在甲申九月（1884）。明年一月荷兵至，与东万律华军战于圆山，荷军败绩，爪哇亦无重军可调，乃请 Sultan 作调人。Sultan 本与兰芳公司相友善，派叔 Pati 到圆山。哨兵不知情，鸣号，华守军枪击。Pati 出示土王旗，得免于难。

荷人后向巴达威请增援，约 200 兵士由 Manpawa 到望地笼，时梁露二驻兵于河旁山上，数日荷兵未进，梁部下宋西苗恐部队欲散，讥讽荷哨兵之在河边游荡者。荷军怒，前进，又被击退。当时华人战士，除战死者外，所剩余者亦不多，且有逃亡者。小孩三人，赖才（15岁）、戴月兰（12岁）、丘耀朗（14岁）睹状，禁止士兵不许逃脱。至是宋部下仅留七兵，守阵地，小孩斩断铁链成碎片入炮，以当弹药。黑夜七兵俱逃，天明小孩欲开炮，因药线染露水，开不成。荷兵一拥而前，又不逞。

丙戌年，荷兵三百自爪哇开到，由圆山分两队前进。华军守关口以刘龙生为领袖，败荷兵。荷人请土王到东万律调停，荷兵同行，占办公厅及所藏军器。

丁亥，荷兵退高坪，罗义伯与之分界而治。吴桂山、黄福源二汉奸引荷兵围华军，分二路入山。罗义伯见会员变节，带兵来犯，逃往Sarawak，是时与荷兵抵抗者仅罗同监Dayaks人，四个月后，首领战死，乱平，时在戊子年。

移民局（二十四·一·二十二）

华人入西婆罗洲者：1925年2843人，1926年

4390人，1927年4131人，1928年3794人，1929年2456人，1930年1629人，1931年596人，1932年188人，1933年176人。

华人由坤甸出口者：1929年1337人，1930年1342人，1931年1350人，1932年831人，1933年655人，1934年658人。

赖炳文（二十四·一·二十二）

图存书报社成立于戊申年，在巴城注册，同年成立图存学校（民国前五年），以田桐冯镇东为教员，组织民锋社，宣传革命，常演广东白话戏，黄花岗七十二烈士中有数人是民锋社员。武昌起义后，教员大致回国，图存学校随即解散，重新组织德育女校，以便女童入学。图存书报社前有社员30人，俱同盟社员，书报社因宣传革命，为荷政府所封。

民国初成立时，汪精卫到此，但荷政府令于24小时内离港，胡汉民同来，留住稍久。二人俱宣传革命，并暗中向华侨捐款。华侨为掩蔽荷政府耳目，用建筑金名义，卖彩票，每张二盾半，在轮船上开票得六千盾，悉数汇南京，因此南京总理墓旁有坤甸纪念碑。

民国八年当五四运动时，坤甸发起爱国捐，荷政府认为政治作用，捕人。

民国十六年坤甸华人因纪念"五九"开会，振强校长林勇南报告日本提出"二十一条"之经过，教员林朴夫演说关于国耻，后经新闻纸发表。巴城汉务司来电，促政治部查究。林校长因系侨民停止职务，林朴夫被逐出境。

图存学校逢星期六有公开演讲。向侨胞灌输常识。但殖民地政府，不主张提高华人的教育程度，凡讨论三民主义及讨论社会主义的书籍俱禁止入口，革命史亦在禁止之列，惟关于南洋历史的书籍，未被禁止。

国内有三大问题，认为急待解决:（甲）女子欧化，（乙）卫生，（丙）政治的腐败。

双忠庙（二十四·一·二十二）

光绪五年由潮人林姓一族出资所建，祀张巡、许远，为英雄崇拜的一种，英雄崇拜于华侨中最普通。庙内一联云：唐室保孤城，双节千秋悬日月；睢阳留半壁，忠魂万古壮乾坤。

西河公所（二十四·一·二十二）

二百年前揭阳林氏即迁至坤甸居住。自此以后，林氏人丁渐盛，最多时有1000人，现有500人。同族有死者如无力埋葬，由聚胜会出资行之，该会是一种"父母会"，专理抬埋死人，及救济贫穷等事。十三年前林御廷建西河公所，其经费由捐款得来，逢清明及阴历七月十五会中举行祭墓典礼，同时捐款。会所初建时有余款2万盾，现无存款。会有墓地供会员埋葬之用；有委员会，于每年春秋二祭时选举委员各12人组织之。会所中有九牧公像，据说唐时人，为林氏始祖，有宋仁宗御赠词。民国十三年五月有人题像赞曰："长林派出下邳先，移入闽邦远更延。忠孝有声天地老，古今无数子孙贤。故家乔木蟠根大，深谷猗兰弈叶鲜。上下相承同记载，二千年后万千年。"

父母会在坤甸甚多，其著者有"绵远公馆"，潮汕与闽南人所建，客人不参加，"长义社"社员各姓俱有，每人每年纳六盾，即可入会。"长义胜"20年前成立，凡华侨年纳八盾者均可入会。

Mempawah（二十四·一·二十三）

甲必丹说，此处有中国人二千，成年人中有男子630人，女子506人，其主要职业为椰子橡皮，次为商业。侨民多于迁民，客人多于潮汕人。春秋二祭尚保存，新旧婚礼俱有，但从未有与马来人结婚者。侨民不回国，迁民因不景气来临，来去不定。中国人说客话，维持六校，内一校为潮人所立，余为客人所立，有老爷庙二（祀大伯公），菩萨庙祀观音。前有一老人会，现不存。民国以前有书报社，目下不存。

Teroetsoesh（二十四·一·二十三）

礁下有三宝公小祠一，相传三宝公葬于此地，有石足二，倚靠大石。信者焚香祭二足，炉上铸"三宝大人"四字。祠产有椰子园一处，以其入款，维持香火。

（二）山口羊（Sinkawang）

Resident, Sinkawang（二十四·一·二十三）

山口羊分四区，共有中国人66000人，大部分经商（包括零售商及出口商）。出产品有橡皮、椰干等。此地有广大的椒园，纯由中国人经营。椰干与橡皮两业，中国人与土人各半，但前者占重要位置。

中国人租土地而耕，有佃户12000家。短期租以50年为期，每年每hectare纳租金3盾，长期租以75年为期，可延至125年，每年每hectare纳租金自1盾至3盾。

山口羊出椰干及橡皮，孟加影出椒与橡皮，鹿邑出橡皮，海滨自Sambas至坤甸出椰子。

潮州人住于海滨，客人住于内地，当1775年时客人先到Mempawa，后迁东万律开金矿。

Kongsiwesen分大港及兰芳两派，前有政治及经济的势力，现已不存。中国人天性不变，婚丧礼节如旧。Dayakas出嫁于中国人，说客话，采用中国习惯。

中国迁民体健，耐劳，人种较纯，并含有永久性。此地无契约工人。

中国人有家庭法律，无商法；对于后者他们愿采用荷法。虽自1925年来，据说婚姻要适用荷法，但尚难施行。其主要困难，可以列举如下：依荷法每一次婚姻须注册，逢星期及星期三可以无费注册，但中国人结婚时要择佳日，因此注册必感受困难。又依荷法凡婴儿出生后三日须将名字向政府登记，但中国人对于命名礼往往须择吉日，隆重行之，似难按期登记。

华侨学校（二十四·一·二十三）

山口羊有华人18000人，民元有中华学校，由总商会主办，民十九因房焚停办，当年由林子香捐款续办，至今尚由其维持，个人每月捐20盾，学校每月捐250盾，有教员5人，学生125人，内有女生38人，系完全小学。

维新学校，潮人所办，并由潮人维持。南光学校，耶教所立，教员2人，学生30人。荷华学校，天主教主办，20余年前成立，分男女两校，共有学生300人，下午授中文一小时，女生在孤儿院上课，上课以外兼做工。天主教在山口羊有30年以上的历史，信教者300人以上，女子居多。

山口羊有老爷庙（大伯公）、菩萨庙（观音）、尼姑庵（斋堂两处，一有10人，一有4人）。

山口羊的父母会有百年公会、义轩社及南侨社。

华侨虽分帮，但迁民与侨民遇事合作并无显著的冲突。

Pemangkat, 离山口羊45km（二十四·一·二十三）

客人有一万，主要职业有椰干、洋货杂货。

华侨小学有四，二客一潮一闽，学生共300人，天主教于十年前始办荷华学校。

迁民多于侨民，平均每家每年有家信回国。普通用客话，小学生近五年来回国者渐多，入暨南附中或梅县东山中学。

侨胞因土产跌价，生活感觉困难，甚望中国政治安定，以便回国谋经济的出路。

（三）孟加影（Benkaijing）

Captain Chinese，Benkaijing（二十四·一·二十四）

中国人5000—6000人，潮人居多，初至者在100年以前，大多经营椒园与橡皮，迁民多于侨民。

华侨学校教员谢金祥，前在北平七年，系潞河高中毕业生，曾在清华肄业一年。此地华侨第一学校成立于民元，教员2人，学生60人，依赖学费维持，每生每月纳一盾。学校用国语，教员年薪400盾，政府抽捐14盾，学校每月用70盾，南京侨委会每月寄60盾，不敷者由董事会筹措。

华侨家庭大致缺乏教育，遇儿女口角，父母往往帮凶。教员在校处罚学生，父母有时到校责问。

学生性情不同：迁民的儿女富于忍耐性，由算术可以表现出来。

课程注重下列各种：常识、珠算、信札、国语（特别为南洋编著）、历史、地理。

大港公司前以郑洪为领袖，郑为侨民，与荷政府订约，租地与荷政府期满不还。交涉无效，动武，郑洪战死，本地华侨秘密纪念之。

（四）鹿邑（Montrado）

鹿邑，离山口羊30km（二十四·一·二十四）

海陆丰人最先到鹿邑，设大港公司，开金矿。现有华人900人，主要职业为橡皮与椒园，内有侨民700人，与迁民感情甚好，但关系不深，迁民常有信寄回中国，侨民则否。

华侨学校一所于辛亥年成立，有教员1人，男女学生40人，以收学费维持，每月可收50盾。

有庙六：分祀关帝、大伯公、华光、天师、白帝及天后圣母。

忠义祠祀大港公司与荷兵战死诸义士，祠内有牌位，其文曰"和顺追赠忠义护国将军之神位"。共有牌位十二，在鹿邑死难者。有陈庚三，在孟加影死难者有刘乾相。当时海陆丰人有金矿公司十七，并为和顺总公司，其势力与东万律兰芳公司相埒。祠内有匾曰："凛烈万古"。联甚多，今述其二如下：（一）义气常存三书地（"三书"，地名），忠心直贯九重天。（二）忠信洽华夷，有功则祀；义声播遐迩，过化存神。

鹿邑甲必丹赖星曹氏，父自广东蕉岭来此，努力经年，道家小康，目下族人尚有在蕉岭者，以耕种为业。甲必丹之父，虽目不识丁，但崇拜读书人，延请塾师，以四书五经课儿女。甲必丹自幼喜读书，长年经商，老年从政。能散文，能诗，自述其读书经验云："请老师授课，仅供指导而已，要自己用苦工，才能由浅入深，得着进步。"甲必丹是一个埋头硬干的人，酷好我国旧学，并已有相当根底。刻已年逾六旬，在鹿邑小湖边，筑一别墅，小巧玲珑，以为休息之所。别墅临湖，屋旁有树林环绕，房屋俱效中国式，陈设简雅，别墅所在处号小西湖，自题一联云："放眼观古今，倘能归隐于斯，惟愿学渊明先生，留一段园林佳趣。寄怀在山水，尝以公余到此，竟成小西湖名胜，作四时风景娱情。"

甲必丹不但自己以公余到此娱情，并遇有佳客，亦约以同游，借以领略小西湖风景。室内置纪念册一，来游者辄题名或赋诗。惜至余游时（1935年春）册内尚无华人题名者。游客自中国来者仅见前香港总督金文泰（Sir Clementi）。此翁曾以钢笔，写中文名字于册内。

别墅的正堂号鹿鸣园，自题诗云："辟得小园号鹿鸣，天然此地筑楼新，栽花绕砌堪娱目，修竹为情不染尘；醉后题诗添雅兴，公余晚棹钓湖滨，群贤聚会谈因果，前世东坡是化身。"

甲必丹约余留纪念词，余应之，惜归国后至今未践前言。鹿鸣园最恰余心者两事，（一）建筑模仿西湖，但无特别相似之点，惟以环境论，孤山或三潭印月的一角，可与鹿鸣园相比拟。（二）因游鹿鸣园而回想余少年时在西湖盘桓的佳趣。甲必丹诗中提到钓鱼，真是搔到余心中痒处。甲必丹亦嗜钓，细玩下诗自明："此湖真号小西湖，一叶飘然百虑无。泌水洋洋饥亦乐，东山巍巍卧何图？封侯显世黄粱梦，身退功成范大夫。一局残棋今着罢，悠悠江上钓鱼徒。"

鹿鸣园有楼房，不高，楼梯有甲必丹题诗云："日涉园中趣，驾言何所求；欲穷千里目，更上一层楼。"

Selankaw，离山羊口 17km（二十四·一·二十四）

自山口羊至此，已见 1000 男子筑路，这些是强迫被征的民工。未向政府纳税者以工代之，至做满应纳各税税额为止。筑路时凡宽 3 米，长 1 米，高 75 生的米可得工资荷币四角，工人有华人及马来人，俱是穷者。

民生书报社成立于民国前一年，宣传革命，民六被荷政府所封，财产14000盾，被没收。

Soengar Pinjo, 离坤甸50km

松柏港有华人1000人，侨民居多。原籍梅县，潮州次之，客话盛行。华人鲜与马来人通婚者，婚丧礼节仍旧。有华侨学校四所，说客话，每隔四公里有一校。人民的主要职业是农与商。旧式药店有四，有一招牌云："光中药房，泡制各种地道药材。"

民群书报社，民国前三年成立，现改学校，该社有旌义状云："民群书报社于中华民国开国之始，踊跃输将，军储赖以接济。特给予旌义状。弈代后民，永多厥义。此旌。临时大总统孙文，中华民国元年三月一日。"

（五）东万律（Mandor）（二十四·一·二十五）

东万律扩志书报社有旌义状。此地有华人2000人，侨民占90%，梅县人最多，惠州人与广州人次之。职业以农业为主，橡皮与椒园次之。居民说客话，侨民亦有寄信回中国者，但不多。

正街有国民党支部，街道自罗芳伯以来并未改观。

有庙三，分祀关公、大伯公及观音。大伯公庙（社官神）系潮州旧式的建筑，有道光八年匾。有旧式药店三，卖潮梅乡间盛行的各种药品。

有小学二，公立小学于民二年成立，以老人会（长春仙馆）为校址，今年停办。余因本地人之请，允向侨委会请款续办，但劝二校合而为一，以资节省经费。

房屋大致仿照梅县旧式，瓦用木片做成，方形，盈一裁尺，中有木钉一，长约一寸半。窗用木，可以取下纳阳光。正门不常面街，通常门边有一巷，由巷入，进内可见正门。兰芳公司办事厅，于1934年拆去，仅有小屋数间尚存。原厅遗址的一部今为关帝庙，建筑费为3500盾，庙门口有匾曰"山西夫子"。匾旁有联一，上联曰"春王正月"，下联曰"天子万年"。此两联是罗氏办事厅原有之物。庙内有些陈设，亦系当年旧有者，例如罗氏官印一颗，正方形，可一尺，用黄布包好，置于华式木桌上。印旁有令旗，有长颈锡酒壶一对，有木烛台一对。天井里有石狮一。

庙右为罗氏纪念室，上边有"皇清敕赠威明德创艾寿芳伯罗公神位"字样其旁有"历代甲太之神位"及"历代头人之神位"等字样甲太与头人系梅县原有的俗称俱是领袖的意思，但其位置俱较"大哥"为低。

庭中有长联云:"兰谱著金盟,想当年势若三分,寇削蛮平,凛凛威风惊世上。芳徽流清史,喜今日业成一统,民安国泰,洋洋德泽沛人间。锡卿古晋康拜题,树棠宋荫谦敬书。"

其余各人当时著有功绩,列有神主以资纪念者如下:(一)"两任兰芳公司甲太龙锡明珰荣颁厚禄"。(二)"诰授奉政大夫谥英仁章烈七十二寿寿山刘府君之神位"。

关帝庙旁为旧办公厅所在地,庙遗址前面空地,有棋杆二,上半截俱毁。右棋杆的下半截今能辨识者尚有"清嘉庆"三字,左棋杆的下半截今能辨识者尚有"兰芳公司"四字。

庙旁有罗芳伯墓,一切布置悉照梅县习惯,有碑云:"皇清威明德创芳伯罗先生墓,光绪二十三年元芳公司重修。"

离办事厅旧址不远,有荷人墓一,1934年立,乃50年前当地荷官与罗氏武装冲突时死难者,其文云:

Aan De Gevallen in den Strijd Tegen

Mandor 1884—85

Hier Rust

J.C.Rijk

Controleur B.B.

Gevallon te Mandor

op 25 Oct. 1884

23/10/1934

余所最难忍受者，见办事厅遗址的一部，今改作鸦片公卖所，鸦片吸食者，大部分是侨民，但亦有少数迁民。

关帝庙旁有忠义祠，内有护国忠义大将军神位，当1884—1885年罗芳伯与荷人开战时，所有兰芳公司的死难人员，后人俱为立神主，并即在此祠内祀奉。

荷属被禁止入口的中文书籍举例（二十四·一·二十六）

荷印政府借口取缔国民党的政治宣传，禁止中文书籍入口，计有570种之多。有许多被禁的书毫无政治作用，观下列数例可知。殖民地政府通常不鼓励文化的灌输，因恐土人把知识提高以后，对于帝国主义者会发生反感，可以引起社会骚乱或倾覆统治者的势力。最可恨者，有些书籍可以激发读者的自觉心（《迷

途的羔羊》),或提倡国货(《中华国货年鉴》),或唤起爱国心(《时代画报》),亦被禁止,今举例于后:

《东方画刊》、《甲午画刊》(中日战争)、《时代画报》(东三省)、《东三省形势图》、《上海画报》(中日战争)、《中华国货年鉴》、《新学制国语第八册》(抵制外货)、《新学制公民第三册》(抵制外货)、《悬想》(讨论满洲问题)、《迷途的羔羊》(暗示中国人应设法抵抗,不要久于睡眠)、《健美画刊》(内有裸体画)。

第三章　马来亚

民国二十四年春，余自西婆罗洲至星加坡，在坤甸乘坐华侨同益轮船公司的轮船名曰 S. S. Senang，据说本公司原来的动机，以替股东运输货物为主要目的，与荷兰百格华轮船公司形成商业上的劲敌。到星洲时，中国旅行社适在该处设立分社，余即委托代为计划马来亚的旅行，并代购车票船票等。

某日，旅行分社用汽车送我往柔佛（Johore），往访该政府的英国顾问温司德（Winstedt）氏。汽车夫的帽章与肩章，俱是国内所习见的旅行社标志，对于该社是有效的广告，对于发展海外的商务，亦有裨益。

温司德氏系海峡殖民地政府前任教育部部长，为马来文著名学者，对于马来亚的中国迁民运动，供给我不少的材料。在其宅午餐既毕，饴以红米粉做成的点心。此种红米，颜色极深，已成紫色，据说这是热带的产物。席间有荷人某，专攻人类学，高逾六呎，体重约三百磅，将肉食与菜蔬，混合在同一饭盘中，搅匀后大嚼，我对自己说："他是世界上第一名杂碎专家！"

一、星加坡

林汉河（Lin Han Hoe）（二十四·一·三十）

第二代侨民，在星已住45年，系 Raffles Institute 毕业，此校注重英文及普通科学。本人读书时每月付学费星币五角，目下学生每人每月付三元，此外政府对于每生再加三元。

华侨学校由 Song Ong Siang, B.L. Lim 发起，由华人所组织的董事会管理之。

殖民地政府每年教育费（除新屋建筑费）如下：

1929　　2835841（以星币计）
1930　　3034370

1931　　3492048

1932　　3643931

海峡殖民地的立法院有议员27人，内有额外议员13人，此13人中有3人为侨民（1920年以前仅1人），其分配如下：星1人，槟榔1人，马六甲1人。

华人常被政府请为顾问委员会委员，但甚少充有高级职员者。

新法律中关于卫生的提倡，住宅拥挤的避免及公共游戏场认为与华人利益最显著。

市政厅（Municipal Council）有额外委员25人，内有华人6人（包括商会代表2人）。

华人所患的普通疾病为肺病、痢疾、发疹伤寒、疟疾，一般人尚未废除旧药，到病危时才去请教西医。药店与寺庙仍旧卖旧药。

伦敦近与我国外交部长王儒堂先生谈判，决定华人在星可为国民党员，但不得参加活动。

耶教势力不大，因一般的华人信奉祖先。

星洲土地的一半，据说属于华人，因英人赚钱后，寄回伦敦买股票。有钱的华人不能汇款回闽粤（因政治不良，治安不佳），只能在马来亚买土地。房税之高世界无与伦比，据说等于房价的24%（内附教育捐2%），此外无他捐税。

李光前（二十四·一·三十）

陈嘉庚婿，经营橡皮业，清华第一次招考时曾考取，但未入学。

在马来亚的华人，大多数经营小商业，90%的零售商是华人。以历史言，华工本可自由入口，近来马来亚才有取缔的法律，有些华侨，对于这种法律，认为含有政治意味，特别自我国革命以来，华人有时在星加坡集会，以资提倡学校等。

马来亚华人近来抵制日货，有些日商招马来人做直接交易。

侨民与迁民，前被殖民地政府一视同仁，近来在待遇上略有区别：侨民可在政府充低级职员，迁民则否，因后者比较富于国家观念。

从前有些同盟会会员，未得西人同情，自中国革命以后，革命的活动到处公开。

华侨屡次对于国内的爱国捐，汇回中国以后，未曾得到正当的用途，因此国人向南洋捐款时，有时候不受欢迎。

小规模商业的权利，操于迁民手者较多，操于侨民手者较少，因后者对于马来亚政治比较发生兴趣。

不景气以来，有些失业的华人，被政府遣送回国。

陈嘉庚（二十四·一·三十）

17岁时由闽南集美来，在星洲已住44年。

30年以前，本人被闽南人举为总理，筹备设立道南学校，当时在星同乡，仅两人有充当教员的资格，但两人都因经商不能任教，只得向上海方面请教员。本人对于此事受刺激极深，以为振兴工商业的主要目的在报国，但报国的关键实在提倡教育，否则实业家与商人，难免私而忘公。本人在民元兴办集美小学，拟请四教员，但本地亦苦无师资，自1914年以后，本人在星洲的生意逐渐发展，即以赢余的一部，在福建创办集美师范以资造就师资。

星加坡华侨中学民八开始，近来适用殖民地政府的教育条例，禁止三民主义的宣传，并禁止在校内悬挂党旗，学校与教员均须向殖民地政府注册，教科书亦须受检查。据当时的情形，凡经济困难，但成绩优良的学校可得政府的津贴。不过接收津贴以后，受检查更严。自金文泰（Sir Clementi）任总督以来，华侨学校可得津贴者约占总数的5%。近来增设的学校有槟城中学，且南洋中学亦加女中部分。

厦门大学特别注意三点：（一）对于自然科学的设备务求充实，（二）对于海产的研究务必努力，（三）对于海防的管理务求格外注意。

在我国革命以前，南洋华侨很少有爱国心的表示，因一般人是无教育者，当时星加坡的新闻纸亦不提倡爱国心。本人在20岁时，尚不知爱国心为何物，在星各校除授四书五经以外，似并不唤起华侨对于祖国应该发生若何关系。共和以后，情形大变，因国民党的宣传（革命党人以前借重同盟会为宣传机关），一般的华人多激发爱国心，所以殖民地政府颁布教育条例及施行他种限制。

革命前的政府学校，只培养毕业生于出校后充打字员、书记或商店的雇员；近来因美法主办的教会学校渐多，政府学校才把课程程度约略提高。此地各中学不注重理化、历史及地理等课；近来特注重马来亚文及语言，许多华侨认此种教育为奴化教育。

金文泰氏的教育政策，注重马来亚文不注重英文。在学校内，马来文无费教授，学生中有愿学英文者其所付学费比以前提高。此种政策遭舆论反对，于其去职或有相当关系，现任总督似变更其政策。槟榔额外立法委员林清渊氏，即因反对金文泰而辞职。

自民元以来，华人的迷信逐渐减少；但盂兰会及迎神赛会尚有，特别在槟榔及马六甲。妇女喜欢烧香，祭祖的习俗比较普遍。学生昌言打破迷信，但他们的行动，在社会里尚无多大势力。

华人服式简单，贫穷者大半马来化，男子关于上身，往往一丝不挂。据说民元以前，星加坡华人区域，仅有袜子两双半，这句话虽形容太过，但亦局部反映当时的社会概况。

20余年前，星洲橡皮的生产尚未发达，大部分由荷属运入，星洲商人不过代为经营出口。

济案发生时，怡和轩（革命党人俱乐部）筹款130万元，此举使上海及荷属的华人大为兴奋。民元福建保安捐以本人为会长，得20万元，广东救济捐亦得20万元。

日本所出的树胶货品，倾销于马来亚，这是本人商业失败的主因之一。

华人所以能够开辟马来亚，实因土人无志气又缺体力所致。马来亚土人，一个人不能辟英亩100亩的胶园。最懒惰的华工，其所辟的胶园面积，可以四倍于此。烟草因根深，土人亦不能掘。

民元以前，华人缠足者甚多，近来废除。侨民妇前用马来装，现用上海装（旗袍）。

马来甲侨民前说马来话，近渐采用中国话。

同盟会在星旧有俱乐部曰晚晴园，出入其间者有孙中山、张永福、陈楚楠、林义顺、许子麟等。同时有星洲书报社、同德书报社等宣传革命，最盛时，星洲有同盟会会员约100人。

郑莲德（Tay Lian Teck）(二十四·一·三十一)

郑氏的企业包括和丰银行、油业及肥皂商业等。

市政府对于公众卫生各条例，认为我国最应仿效，因可改善个人生活并增加社会福利。

人力车夫每日车捐自三角至五角，车主每年对于每车付车捐15元。苦力每人所肩荷的重量，不能超过180磅。

鸦片吸食者以血汗工人居多数，约占总数的80%。

海峡殖民地每年总收入为3167.9万元，内中鸦片专卖的收入，占相当大量的成分，近年来虽已较前大减，但其额尚不可轻视：

1933　　700万（星币）

1934　　770万

1935　　840万

中国迁民的多数，为橡皮园及锡矿工人。不自由劳动制业已取消。

工人赔偿律已实行一年，对于无费医药无规定。

侨民有两重国籍，英人因此不信任，这对于海外一般的侨民不利，因他们所有的身家财产，多在居留国，如居留国对于他们不信任，显于他们有害。

V.W. Purcell（二十四·二·一）

华民政务司（Protector of Chinese）管理 *Women and Girls Protection Ordinance*（《妇女保护条例》）。本条例的主要目标在禁止或预防娼妓、妇女的买卖及妇女的虐待。所谓妇女指欧洲及中国妇女而言。关于中国妇女有保良局，现收容女子250人。

中国迁民的定额，在1934年为4000人。此外尚有特许工人每年约2000人，此种工人由雇主在华招募，入口时凭特许证（Permit），招募人亦持有特许证，特许工人入口时，关于工作情形及雇佣条件由华民政务司解释之。

至1934年为止，迁民甚少回国者，在此年以后回国者多于入口者。

侨民约占马来亚中国人总数的三分之一。

华侨学校有学生5000人，新式学校有600人。

Jordan（二十四·二·一）

迁民未出国时，见闻不广，因往往各人在自己村中过活，和外边人少接触。到马来亚以后，迁民不但和他县或他省的同胞有往来，且和他种人有社交，如印度人、阿拉伯人、日本人、马来人等；因此识见与经验俱逐渐开展，那就是马来人格的养成。

黄兆珪（S.Q. Wong）（二十四·二·一）

星商会会员，柔佛国务院委员。

侨民守旧，但近年来态度渐改。他们的教育比迁民高些。华侨学校程度较次，教员的教学不高。但认为华侨学校是有地位的，中文是应该授课的。除女校外，华侨学校现无受政府津贴者。

侨民于改良经济状况后，有些是希望回国的，可惜祖国政府不能保护他们。大半的侨民必永久住居于马来亚无疑。

《外国人条例》（*Aliens Ordinance*），自英国人观点言，是公平的。"六寡妇案"（Six Widows Case）曾上诉于 Privy Council 断为中国人没有重婚罪；按习惯，丈夫死后，好几个妻室及儿女可以分到财产。对于此事老年人默认，少年人反对。

迁民公开纳妾，侨民间或有之，但不公开。

殖民地政府愿意把中国人分开；对于侨民希望他们抱马来亚的观点。

林义顺（发初）（二十四·二·一）

中国为鼓励国货出口起见，应取消出口税。

华侨回国者有些亦是流氓，如出席五全大会的华侨代表是。

俗话说："华侨为革命之母"，其实只有数人，可膺此荣誉而不愧。

本人革命党有朋友多人：如孙中山、胡汉民、汪精卫、林森、覃振、张继、居正、刘守忠等。有些人在国内同事，有些人在星加坡共患难。

林为广东澄海马西岭（岐山）人，在星已属第二世。

本人回国已十次。现因年老不做生意，将一身事业编成一书曰："三十三年浮云影"，尚未脱稿。

罗良铸(二十四·二·三)

华侨学校董事会，纯以华人组织之。学校无基金，少数有财产无房屋；一般的学校依赖商人的捐款及学费为经费的主要来源，学校分ABC三等，英政府按每等给津贴。至去年为止，中学尚有领津贴者，现仅有小学领之。

二、马六甲

A.L.Hoops(二十四·二·五)

疟疾已被统制，水的供给是洁净的。华人有几种普通病，即肺病、肠胃病、钩虫病。一般地说，他们比泰米尔人（Tamil）知道讲求卫生些。

华人初到马来亚时是矿工，后种蔬菜，最近逐渐入市经商；从来没有许多人种稻的。

有钱的华人，吃有滋养的食品，多用猪肉、鲜食、水果等。蔬菜是自己种的。

橡皮园工人每日赚五角；食与住自理，每人每月约须五元。

民族性是高涨起来了，中国革命与欧战是主因。

美国影戏最早就为华人所欢迎，近来欧洲与国产影片亦渐普通。网球极盛行，游泳尚无显著的成绩。中国女子渐讲社交，有些人喜欢跳舞。

Raffles 创造星加坡不久，马来亚即设政府学校。陈祯禄的祖父，开一轮船公司往来于星加坡及马六甲间。Tan Lean Jiap 于 30 年前募捐在星创办第一医校。

与日本人比较，华人不算爱国，虽然英国人还是喜欢华人。

华人住宅

Heeren Street 仿佛是闽南的乡村，华人的住宅集中于此。时值旧历新年，每家的门口悬挂灯笼，上有"某府"字样，普通是一对长而圆的，高约二尺半，灯笼是红纸糊成的，字是黑的。比较富有的人家用紫红色的木做桌椅，用斜方形的水门汀铺地。房屋式样如下页图所示。

门上有用铁栏者，门二旁上端写"兰馨"、"桂馥"（其地位如图中"敦诗"、"说礼"相似）。有些人家有楼房，但以平房居多数。

```
        ┌─────────┐匾
        │ 源 协  │
    ┌───┴─────────┴───┐
    │      ┌───┐      │
    │说    │祖 │    敦│
    │礼    │宗 │    诗│
    │      │神 │      │
    │      │主 │      │
    │      └─┬─┘      │
    │    ╲╱╲╱╲╱╲╱    │
    │    ╱╲╱╲╱╲╱╲    │
    │    ╲╱╲╱╲╱╲╱    │
    │门                门│
```

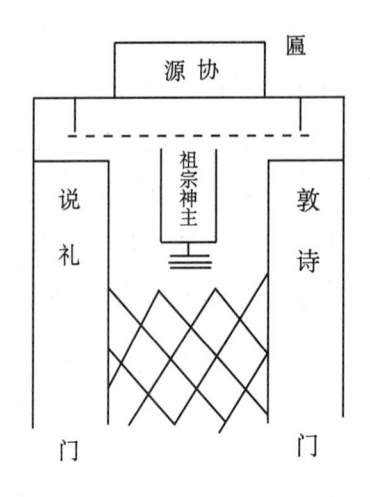

何葆仁（二十四·二·六）

迁民与侨民感情素称融洽，但殖民地政府的政策，向来是把他们分成两个社会团体，加以不同的待遇，例如《外国人条例》（*Aliens Ordinance*）所规定的。按此条例，迁民每过两年须注册一次，条件如下：（甲）居留证可住两年；（乙）居住两年以上者须得永久居留证，那须与下列各条相符：（1）在此已十年，（2）有家产，（3）与中国无关系，（4）儿女受英国化的教育者。

侨民大致仍旧保持旧礼节，在 Heeren Street 就可以看到，如房屋、过新年、婚丧礼等。婚时新郎用袍褂，新娘用凤冠。逢丧事请和尚念经、看风水、戴孝等。

迁民注重个人自由,侨民比较有团体生活,后者如由学校捐款、慈善捐款等可以表现出来。欧战时尚捐飞机款。迁民与侨民因语言及习惯的不同,有时难免发生隔膜。

马来亚的中国人依法律不能参加文官考试,一般以为殖民地政府此举,明白表示不公平的待遇。

侨民喜读国内刊物如 *People's Tribune*,下列各县在马六甲各有会馆:永春、晋江、南安、惠安、德化、冈州、三水、鹅城、潮阳、宁阳、茶阳。华侨学校用国语,渐使迁民与侨民可以团结。华侨有公立学校三所,永春有一校。惠安有一校。

晨钟励志社注重男女社交及体育,迁民与侨民亦合作。

明星慈善社有12年的历史,施医药,注重球类比赛。天主教美以美会,耶稣教会俱有慈善事业,有些日本人在峇珠巴辖(Batu Pahat)经营铁矿,全部的赢余寄回日本;但中国人大都投资于此(如橡皮园、房屋业)。橡皮园大都先由华人开辟,俟整理有头绪后,以相当高的价格卖给欧人,近来出卖者更多,对于华人的经济不免有不良的影响。在怡保，目前尚有许多华人有锡矿。
青云亭

青云亭祀观音，有南海飞来匾，嘉庆已巳年立。亭内有甲必丹李公济博懋勋颂德碑，龙飞乙丑年立（同治四年）。有一段云："公讳为经，别号君常，银同（同安）之鹭江（厦门）人也。因明季国祚沧桑，航海而南行，悬车此国，领袖澄清，保障著勋，斯土是庆，抚绥宽慈，饥溺是兢，捐金置地，泽及幽冥，休休有容，荡荡无名，用勒片石，垂芳永永。"

关于亭主陈宪章，创立丰顺义学，有文以记之云："南洋各岛惟马六甲埠最先华人之旅居流寓。日增月盛，生齿既繁，贫富不一，如席丰履厚，则易延师置塾，依然中国遗风。细屋穷檐，尚忧粗食牛衣，奚暇培植子弟，虽有一目十行之聪颖，究竟终辱于泥涂，文教不兴，英才从何杰出？公有鉴于此，实为世道深忧，当即创设丰顺义学……"

亭内有三宝山葬地，以便利侨胞的埋葬，系慈善事业之一端。道光丙午年，亭主薛文舟，立匾赞扬郑芳扬，文曰"开基呷国"，对于先贤之有功者后人为立神主以志纪念。计有梁美吉、薛文舟、陈已川、陈宪章、陈温原。上列各人被认为马六甲开国有功者，由亭主陈敏政立神主祀之（宣统二年）。青云亭正殿祀观音，后殿立神主。观音殿有匾曰"慧眼观世"，乾隆丙午年立。

甲必丹大蔡士章（龙飞辛酉碑），述青云亭之起源云：

> 盖自吾侨行货为商，不惮蹋河蹈海，来游此邦，争希陶倚，其志可谓高矣。而所赖清晏呈祥，得占大川利涉者莫非神佛有默佑焉，此亭之兴所由来矣。且夫亭之兴以表佛之灵，而亭之名以励人之志。吾想夫通货积财应自始有而臻富，有莫大之崇高，有凌霄直上之势，如青云之得路焉。获利固无慊于得名也，故额斯亭曰青云亭。

陈祯禄（Hon, Tan Cheng Lock, Klebang, Malacca）。陈宅晚餐时有何葆仁、Dr. Tan San Te, a Hindu Lawyer。陈氏闽南侨民，自习英文，曾充立法院额外委员。

华人生活程度近已逐渐提高。食品中猪肉加多，喜饮咖啡，市上咖啡馆到处皆是。华人初来时俱贫，到此做工及做小生意，把地位提高。

马六甲华人最守旧，实可称守旧主义的壁垒，婚丧礼节仍旧，但新式婚姻，近渐普通。

有兄弟数人在华侨学校受教育，自己自修英文。

曾读《三字经》及四书并请老先生授国语。

侨民看不起迁民，后者非苦力即无教育的商人。迁民因此怀恨，所以两团体不能团结。陈家不是如此，与迁民极有好感，陈家办喜事时，客人中90%是迁民（木工、铁工等）。

殖民地的教育认为有缺点，以往100年来，政府学校是养成中国人当书记录事的场所。

卫生有进步，橡皮园多有医生。中国工人的健康较优于Tamil人，因前者饮开水，用蚊帐；后者则否。

陈氏的福屋（祠堂）在Heeren Street。其建筑完全采用闽南的式样，大门有匾曰"同发"。门上左右边题"藜阁"及"兰培"四字。正厅中间供大伯公磁像，据说是200年前的古物，正厅内有匾曰"孝思堂"，有联曰"敢向烟霞坚笑傲，不妨诗酒作生涯"。厅堂上首供迁来马来亚始祖敦和公及唐孺人神主。唐孺人另有画像，用前清服装。祯禄在马六甲为第六世，方为其令郎准备完婚，婚后其子与媳须在此祖屋住一个月。

宝山亭（二十四·二·七）

圭海谢仓蔡士章，于嘉庆六年立碑，其文云：

宝山亭之建，所以奠幽冥而重祭祀者也，余故开扩丕基，缔造颇备，以视向之冒历风雨，寸诚难表者，较然殊矣。虽然亭之兴，由我首创，亦赖诸商民努力捐资，共成其事。兹幸呷中耆老及众庶等归功于余，立禄位于亭之右。此事诚为美举。第思创于始者恐难继于终，予是以长久之计，预备呷钱一千文，置厝一座于把虱街，配在塚亭，作禄位私业。将来我亲属及外人不得典卖变易，致负前功。全年该收厝税二十五文，付本亭和尚为香资。二十文交逐年炉主祭。塚日另设一席于禄位之前。其余所剩钱额，仍然留存，以防修葺之费。庶几百载后可以致俎豆荐馨香，相承于勿替。因此勒石而为之志云尔。

中华商会（二十四·二·七）

马来亚的工人，几全数是由中国来的。店员往往带眷，苦力无眷，30年以前，约有70 Tapioca 工厂，每厂有工人几千人。

马来亚天气似有变迁，有逐渐转冷的趋势。30年以前熟饭只可吃一餐，十年以前可保留一日不坏，目前午后的天气不过华氏60—70度。

70年以前，七哩以外尽是山坡，现多开辟了。

从中国运入的货品如茶、衣料、食品，俱受日本人的剧烈竞争，而中国政府又不能加以保护。当"九一八"时，马来亚华人抵制日货，因此日人渐入零售商之路。广东烟叶，以前由广东运来，近在马来亚自种。日磁茶杯每打带碟售星币三角六分，国货每打四元。日货白布每码三角，国货加倍。

华商在上海办货，须付现款，国货的品与量俱未标准化，因工厂大致是小规模的，因此商店定货，感觉困难。

如30箱布由欧洲运到，马来亚商店批5箱，只付价的一部，其余可欠三个月。此店第二次再批5箱，再欠三个月，华商在申批货，每次须付现款并付清。

汕头布在此销路颇好，但因批货须现款的关系，甚受影响。

我国缺乏银行，是另一缺点。运输不便，定货不知何时可到，商人定货不与厂主直接交涉，须和上海的代理人交涉。

余光源

先祖嘉庆时来，原籍漳州南靖县沥水乡，至光源为第四代。国内某君送光源寿序称其有诗书气，并赞扬其对于赈灾、救国、在南洋兴学各事，认为各具热心并捐款。曾为青云亭亭主、红十字会特别会员。曾游中国及英国。其房屋亦按中国习惯，正堂有匾曰"如事存"，另匾曰"慎终追远"。光源少时，有一次见过王舡，所用的舡系由闽南运入者。

三、槟榔屿

黄延凯（领事）（二十四·二·八）

一般说来在马来亚的华人，男女无社交，家中宴会时，妇女不见客。路上除夫妇外，男女不同行。婚姻由父母作主，特别是闽人，其守旧性尤显著。郑成功乱时，许多人离闽来此，太平天国时亦有南来者。

婚礼新娘穿蟒袍，戴凤冠。赘婿之制盛行，特别是闽人。赘婿终身住在媳妇家。

元宵节，逢夜深，闺女艳装立于汽车之前；少年有羡之者抄下汽车号码，请人说媒。

信佛者甚多，因此地近暹罗受其影响。次为天主教，因葡人来此甚早，并久住于此。《南洋风俗志》称土人信多神教，此地华人亦然。阴历正月十五，大伯公神出游，抬神者大概穿西服，年不过17岁左右。槟榔巨绅丘善佑，对于迎神尤热心赞助。

在政府学校英文为必修课，学生不读中文，学生修业自一级起，修满九级，作为中学毕业，可参加剑桥大学入学试验。考题包括英文、数学、绘画、宗教、历史及地理。殖民地教育的主要目的，在培养书记及政府的低级职员。华侨学校分帮：粤有客、潮、广与海南四帮。闽仅有闽南（厦门）一帮，从前各帮间重视乡土观念，往往因细故发生械斗。

陈与谢各为大姓，一姓自立学校。学校分帮的主因是方言，现因学校通用国语，各帮的界限渐泯；学校亦渐渐不因帮而分别设立。华侨的宗教社团，最易为殖民地政府所批准，至于含政治性的社团则不然。

本地华侨教育会，至今尚未蒙批准（星加坡同），本地中国领事馆曾主张举行华侨学校会考，以提高教育程度，但政府声言，如某校加入会考，津贴即予取消。

华人最早到此地者多娶土人妇，因此渐与土人同化，他们吃饭时用手，穿沙龙（即以布一大块围住下身），往往在地面铺席而睡。

侨民遇琐事往往向华民政务司申诉，因此将侨民的丑陋之点毕露。

侨民因受英国化教育，忠于殖民地政府，对于祖国甚漠视，欧战时竞买印花，并捐款报效英国。双十节，我国实业部陈公博部长来游，当地中国迁民举行欢迎会，侨民不参加。

上海人大致重视新闻记者，认他们为舆论的代表人。广州与香港轻视新闻记者，南洋尤甚，因他往往乘机敲竹杠。

民元至民十九槟榔无领事，由侨民领袖戴欣然之子为名誉领事，民十九起此地增设领事，但无侨民顾问。领事馆向来无权管理侨民事务。

华侨学校董事部常常自己闹意见，介绍自己一派的人充教员或职员，甚至在一学年之中撤换校长或教员。

西人主办的新闻纸对于中国有时故意登载不好的消息，侨民因此得着不良印象，得不着真实的消息。

李文岳（《光华日报》主笔）（二十四·二·九）

槟榔书报社于27年前即我国革命前3年成立，宣传革命，两年后孙中山先生即发起《光华日报》。此报富于革命思想及活动，黄花岗烈士之一即本报的一位秘书。《槟城新报》成立于1896年，那时无须向殖民地政府领照。

前四年本报因鼓励抗日活动，被殖民地政府停止刊行三个月。自沈阳事变以来，本报社所发的言论，比较可以自由些，从前此地有某华人卖日货，被同胞殴打，本报登出此段新闻后，即受政府警告。以前殖民地政府，不注意言论，仅注意新闻的登载。济案发生时，有些中文报纸不能讨论该案内容或讨论"五卅"案内容。沈阳事变以来，英政府比较宽容，不再严厉干涉。本地某华报前专载国内电讯，登出江湾沦陷的消息，四小时后该报即有人被侨胞殴打，足见此地华人的爱国心。

华人信鬼，关于鬼怪的新闻往往占重要部分。

《总汇报》反对南京，《南洋商报》拥护中央。

一般新闻记者的英文程度不高,往往一个英文电报,有几种的汉译,统计数字亦有时失实,外勤记者的薪金亦不高,每月自星币40元至100元。

此地的华侨资本家,大致由艰苦出身,不识字,不能对新闻纸有鉴别的能力。

本地华字新闻纸,从前不买路透社的新闻,近二年来才买,只亦表示新闻业的进步。

目前有些新闻记者,渐渐注意国际问题。

周君(二十四·二·十)

潮安人,在星8年,在槟28年,经营树胶。1925至1927胶价特别好,1928以后不景气。旋实行国际协定,限制胶与锡的产量,胶与锡即增价。1934与1928相比,一般商品增价20%,米价不增,菜价增20%,国内运来货品,因汇水涨,货贵,20年以前,国货运入者食品多,用品少,目前两种相等。1923年以来,工人由国内来者减少,由印度来者加多,马来工人亦渐增。

在1932年,胶工每日工资星币4角,饭食自理,1933年增至6角,1934年增至8角,最高工资贵至1元6角。

50年以前，迁民以工人居多，近30年商人渐多。学校与报馆的设立，是近二三十年的事。

与侨民女子结婚者生活较高，由国内带眷者生活较低，工人结婚者不多。迁民有十分之一在槟结婚，余返国结婚，婚后眷属留乡，本人来此。侨民女子，有许多亦是乡下人，会养猪及管理家务。

在槟的华女，普通俱无工作，富家女子大半入学，出门时往往坐车。30年以前，富家女子读英文，贫女在家帮忙，近入学校。30年以前侨民不知中国，不自认为中国人，如要让侨民领会中国文化，必须读中史与中地。从前有许多侨民，在家亦讲马来话。迁民中广东人返国者较多，闽人返国者不过十分之一。本人返国已四次，资产一半在此，一半在国内，侨民的资产俱在此，把资产寄回国内者百不得一。

粤较富，谋生较易，如工人在此无工作，可回粤去找。闽多山较贫瘠，因此闽人不敢返国。郑成功失败后大批闽人来此；太平天国之乱，来此者亦不少。

50年以前，闽粤人因赌或罪，不容于乡者迁往南洋。

嘉应州多山，土地贫瘠；潮有河流灌溉，能种稻及水果。

侨民发达的人家,普通只传二代,很少传三代以上者;谢春生、梁飞、戴欣然(客人富翁)的子弟,没有一个是大学毕业者。父以为有钱,儿女要过舒适的生活,不愿吃读书的苦;父是苦出身,轻视学问,亦不规劝儿女入学。

旧历新年火灾

旧历新年,炮竹声震耳,政府并不禁止。有一次和一位英国绅士相谈,该绅士赞成维持旧习惯,这可反映殖民地的一贯政策。殖民地政府对于被统治民族的宗教、习惯,大体不加干涉,免得惹起反感。

黑水村(Ayer Itan)某华侨家于旧历除夕过年祭祖与神,放爆竹,于晨一时二十分,起火,延烧80家白水村(Ayer Puteh)。某家亦于祭祀起火,旧历元旦晨三时起延烧35家。丘善佑以额外立法委员的资格,在立法院请求救济。

秘密会社

槟榔有势力的秘密社为义兴及建德,如青红帮之类。龙山堂为建德会大本营,常与马来人相争,80年前势力遍槟城。义兴初改名为"乾坤会",后又名"三点会",目前势力不大。三点会无种族的偏见,马来人、印度人俱可入会,马来人呼印度人为Arigirin,因此中国人亦称印度人为吉宁人。

林清渊(Cheng Ean Lim)(二十四·二·十)

槟榔婚姻旧仪式渐废,因(1)受英人(及他人种)的影响,侨民儿女入政府学校者占大多数,(2)模仿性的表现,如由祖国传来的现代思想,及在槟的华侨学校等。

旧家庭尚保存,但个人主义渐发展,因家庭制不如从前的有势力。老年人的遗嘱往往愿儿女住在一起,如在"家祠"之内,但此种遗嘱常被破坏。(林为律师)

维多利亚后曾给予印度宪章,保证不干涉习惯,后来在其他殖民地亦采用此法。

林在立法院曾提议采用一夫一妻制,使实行此制者无须变作耶稣徒。1934年中国婚姻顾问委员会印行报告。

1902年儿童强迫入学条例通过,如儿女不入学,父母要受罚。自1908年起,在海峡殖民地生效,自1919年起,在全马来亚生效。离住户一哩半的半径内有学校一所,由政府设立,给予无费教育,讲授马来语四年。马来语修毕，即读英文（在锡兰，学生先习土语四年，后习英文）。

华人的儿女，先在华校习中文，后入政府学校习英文，习英文时要出学费。在海峡殖民地，华人儿女中九人中有一人在政府学校，但政府津贴华校每年仅4万元，每年津贴政府学校（马来语）60万元。

李之华（二十四·二·十一）

槟城83华校之中，有3校受政府津贴，丽泽初小有男女生1400人，得津贴8000元，钟灵小学有650人，亦得津贴。政府津贴23华校，共3万元。

有些华校由会馆维持，有些依赖个人捐款及学费。华侨学校应注意之点：（甲）教育目的，（乙）师资，（丙）校舍，（丁）卫生。教授法不良是普通的缺点，校舍空气不流通，有碍卫生。乡下的校舍更成问题，教材亦欠适宜。

王家纪（二十四·二·十一）

海南文昌人，在槟32年，返国7次，经营树胶。在此有海南人8000人，其主要职业为家庭服务者及饭馆伙计。

印度洋内 Nicobar Islands 海南人最先到，看见土人不煮而食,教以烹饪术。

自粤运入商品,以食品为大宗。在历史上,豆蔻是由南洋运往我国的要物。

益华学校在教育部立案,每月受侨委会津贴60元,教员月薪自30至60元,校长50元,合同以一年为期。

闽人侨民吃饭时有许多人用手,婚丧用清朝礼节。初来者常与马来人混血,食品用香蕉叶包之,嗜辣,喜食虾糕(Malay Jang)。女子头上梳髻,婚时赞礼者用马来人或吉宁人。新郎帽上有顶子,新娘用凤冠。

父临死时留遗嘱,劝孙到成年(21岁)才分家产。但因儿辈奢俭不一,结果一俟长成,即各人分居。

海南女子从前到此者甚少,因风俗不鼓励女子离家远行,近年来渐多。海南人寄款回家者较多,发财者归家造新屋,木材大概由南洋用帆船载回。海南岛多山,人民沿海而居。

海南人死后载尸回国下葬,俗称"落叶归根",海南人喜欢送儿女返国,借得中国的印象。

一般侨民不返国,因此对于中国无感情。我国应介绍国产电影及杂志于南洋,唤起侨民对于祖国的兴趣。

陈充恩（二十四·二·十二）

槟榔钟灵小学民五成立，钟灵中学民十一成立，殖民地政府津贴小学2000元，甲等学生每人每年津贴10元，乙等生5元。华侨学校学生大致爱祖国，政府学校学生有时要骂中国。

华侨学校学生某，因作文关于国事，被殖民地教育局查出，被逐出境。

华侨学校每生每月出学费1元，如在政府学校，须出3元。毕业生富者回国，或往欧洲入大学，余留本地充小学教员或经商。

康有为游槟后，有师范学校，时在民前七年。戊戌以后，富绅张弼士以私产为校址，设立中华学校，博得"南洋办学大臣"之美名，并鼓励华人返国求学，入南京暨南学校。

"南洋伯"普通与"金山丁"对称，前者含有头脑简单的意思，后者含有讥讽的意思。

朱和乐（Chee Wor Lok）（二十四·二·十二）

在槟有佛山人1万至1.5万人，以木工、金工及人力车夫或胶工为生，大半由中国来。

粤人不忘祖国，因在家受教育并偶尔返国。闽人不然，闽人不返国，因此较粤人有钱。

本人在槟32年，返国一次；17岁入政府学校，初尚不许入校，到那时为止，在家习中文，在英文学校读满七级后习商业三年。

本人与温宗尧有亲，伍连德之父有五子，二人在华，三人在槟。

侨生第三代无人寄钱回国，本人尚寄小款回国，供给家用。

家境好者送儿女入政府学校，因校章严，管理好。至七级止，必修科有英文、数学、地理、历史，选修课目有宗教与科学。

华人的卫生显有进步，商店及咖啡店门前，目下不见"禁止吐痰"的告白。

"宝树"世德堂（二十四·二·十三）

石塘谢氏在槟有祠堂称"宝树"世德堂，有碑云：

> 平东王迁，封其舅申伯于谢，后即以为氏。先祖东山仕晋，名高一世，功及百年。当日子孙仕宦不绝，冠盖相望，时人遂有阶前玉树之誉，此宝树所由名也。石塘谢氏世居漳郡澄邑三都地

方，派出自澄城西门外度凤里，簪缨继起，人丁日盛，素为圭海望族。祖庙之建，由来旧矣。无如境狭人稠，衣食不充，间有谋食远方，以致身留异国地名槟城者积有岁年……此祠同治十二年重修，一九三四年又修。

祠内有同治五年匾曰"淝水策勋"（祀大伯公）及"福庇康宁"（祀二位福侯，即谢安与石，俗称东山公），正堂匾曰"辅晋忠唐"，同治五年立。联曰："晋纪奇勋，风流江左，词藻文章崇国典；唐昭忠勇，节赴睢阳，英雄激烈锡朝端。"

龙山堂（二十四·二·十三）

龙山堂正匾曰"晋代奇勋"，祠名"正顺宫"，与漳州海澄县新安乡丘氏祠堂（"诒穀堂"）同名，并亦祀大使爷爷。所称大使爷爷亦是谢安与谢石，与石塘谢氏祠堂所奉者相同。碑文有一段述其关系云：

> 龙山堂丘氏原出于泉郡龙山曾氏，谱载家乘，取以名堂，不忘本也。且别有曾氏者其出龙山非龙山堂，海澄新江之丘者虽不藉其出输费，而岁

时祭享有事于堂醵饮者为亲亲谊也。堂之中奉大使爷香火，盖新江本有祀而客地亦多被神庥，所以出资成堂者，新江原蓄有本社众公业因而谋之不别捐题也。凡族之神福赛会，以及新婚诸事，概于是堂，以序长幼敦敬让修和睦，盖是堂之关于风化非少也……咸丰元年立碑。

据说丘氏始祖为迁荣，至今已传47世，其第1代的排行用圭字，第20代用思字，第47代用嘉字。祠内一碑光绪三十二年立，述六点如下：（一）正名称（龙山堂）；（二）详沿革，雍道间由新江来此百余人，醵金500元，于咸丰辛亥年立堂，光绪甲午重修，后焚，壬寅兴工，四年竣事，费十余万元；（三）明祀典，旧有大使爷爷实丘与谢所共祀者，祠分三部即正顺宫、福德祠及诒穀堂；（四）备形胜；（五）通礼俗；（六）重继述，祠内有崇议所，凡年月之出入及世事之大小，均于此议之。祠内设馐馔所、崇议所、自治社及戏台。祠门前及祠内有石刻、石柱、石神，俱由闽南运来；祠屋顶有磁刻，亦如新江正顺宫所见者然。祠的设置：中为正顺宫，右为福德祠，左为诒穀堂。

霞阳植德堂（二十四·二·十三）

漳州海澄县霞阳乡，滨海，与新安乡为邻，霞阳人迁往马来亚者（特别是槟榔屿）近一百年来人数仅次于新安。植德堂内有匾曰"四知堂"，堂内为应元宫，奉祀保生大帝使头公祖。光绪庚子年（1900年）有碑纪其事曰：

> 道光时杨德卿携有使头公神像香火，昕夕祀焉。逮阅时既久，聚族繁多，生殖畅茂，佥曰非神灵所护之力不及此，祀使头公并设公司以为宴会族人之所。夫使头公何神？我霞阳应元宫内敬奉之神也……故凡公司创置产业，及周年供费，出入银项，皆有公举内外总理暨诸家长以董之，上下不蒙，纪网周乱……

植德堂内另有一匾曰"我族之光"，纪念杨氏18世裔孙章安，在殖民地政府服务之荣。章安于民国二十年（1931年）蒙英政府选为太平局绅，及工部局议员。匾旁题有英文曰：

Mr. Yeoh Cheang Aun

Justice of the Peace and

Municipal Commissioner

大伯公庙（二十四·二·十三）

槟榔海珠屿有大伯公庙，嘉应州人与闽人奉祀之。庙内正匾曰"福德正神"。相传马来亚正在开辟之时，有一年瘟疫特甚，华侨死者甚众。迁民中有三人，似为神所庇护，得不死。此三人者当时被称为开山伯（或开山祖师），一为张某，永定人，以教书为业。一为丘清兆，大埔人，以打铁为业。一为马福春，永定人，以烧炭为业。三人既免于疫，客人信以为神，后裔即立庙祀之。每年逢阴历二月十五，大伯公必出游，祀之者以客人为多。闽南人则以阴历正月十五为祀神之期。民国十年立纪事碑，其文曰：

南洋言佛，辄称三宝大神，或云三宝即明太监郑和也。南洋言神，群颂大伯公，墓碑一张一丘一马。姓而不名，统尊之曰大伯公而已。我侨槟之五属人，崇敬大伯公，封墓立庙百余年，祀之维谨……

极乐寺（二十四·二·十三）

槟城有山，靠海边，华人名之曰"白鹤山"，有山顶电车。半山有佛庙曰"极乐寺"，鼓山涌金寺方丈开山，本寺住持妙道与侨绅张振勋等建立，时在光绪十五年。金文泰题匾曰"慈心如海"，萨镇冰题匾曰"佛日增辉"（民国十四年）。正殿有匾曰"顶相全新"。万佛宝塔上塑逻罗佛像，悬逻王照相。庙内有放生池，大龟满池。池边石壁有康有为题字曰"勿忘祖国"（光绪二十九年）。

清云岩（二十四·二·十三）

由极乐寺上山，往树林深处走去，不远即到清云岩，有庙祀清水祖师，俗称蛇神。庙内有青蛇数十，据说白昼不食，夜食鸡蛋。有铜钟光绪丙戌年制。庙内联曰：修道岩山，一旦化身成祖；分炉屿岛，万家生佛尊师。

黄觉民（二十四·二·十三）

民国六年黄炎培氏到槟榔，提倡华侨教育。本人与黄返国，筹备设立暨南大学，暨大毕业生及中华职业社毕业生有到南洋办学者。

黄氏未到马来亚以前，据说全区已有华侨学校94所，就中著名者在吉隆坡有"尊孔"，在槟城有"中华"，在星加坡有"养正"与"启发"（粤人所办）及"端蒙"（闽人所办）。华侨学校举行会考，结果选学生二人返国，本人为二人之一。

养正校长初反对华侨学校注册，被监禁并驱逐出境。注册以后，殖民地政府即检查并取缔教科书，政府认为满意的华侨学校可得津贴。

华侨学校内有少数学生，据说亦受津贴，秘密报告教员的教材及言论。

殖民地政府似采用以华人治华人的政策，政治部派侦察查探华人之有思想者及参加政治活动者。

侨民对于祖国大致不热心，听说济南惨案发生时，丘善佑（槟城侨生首富）仅捐星币五元。

丘仙丹（二十四·二·十四）

在槟生，未曾到过新安。热心公益事务，如水灾捐款等。有段祺瑞及颜惠庆照相，系答谢筹捐盛意而赠者。屋内陈设丰富，壁悬习惯式的联与屏。堂上奉观音及祖宗神主，焚香，用水门汀铺地。本人是龙山堂董事之一，马来亚华侨名人录列名，与现任英属Sarawak Raja：Charles V. Brooke 是知心之友。

丘天来（二十四·二·十四）

21岁时离新安来槟城，现46岁，在槟与侨民女子结婚，时23岁，有儿女五人，经营杂货业。在新安有母亲及胞兄，在星有大姊夫。自新安常有家信往还，本人每月寄款回新安。胞兄是新安新江学校校长（此人给予介绍信数封，介绍南洋的同族及朋友），族兄天佑，前充民国初年国会议员。余在新江时，见丘氏族中有好几家悬挂天佑的照相。

第四章　暹罗与中南半岛

曼谷之游,给我两种极深刻的印象:(一)热度之高,为热带中其他市镇所罕见,据说这是由于地处平原,四面俱受不到海风所致。(二)出皇宫有极美丽的街道,其著名建筑物包括宫殿及最伟大的佛庙,且其街道由小石铺成,光滑油润,既美观又富于艺术的滋味。我曾听说世界上美丽的街道,除前述者外,尚有英国牛津的 High Street 及北平后门内一街,起点于故宫博物院,经景山,终于中海与北海间之桥。

在中南半岛时,我由安哥(Angkor)乘长途汽车按日北行,一直至西贡,中经几个有名的市镇,广泛而人口稀少的乡村。实际我穿过柬埔寨与交趾支那的腹地。早晚是凉爽的，正午在烈日中旅行，大致昏沉入睡，迷惑不醒。金边（Penom Penh）最使人留恋，非特地方洁净，市容整齐，且有土人皇宫的建筑，和他处所见者很有不同之点。足资纪念。

一、暹罗

（一）曼谷（二十四·二·十七）

蔡学余（中华商会文书主任）

迁民的职业分配，其主要者如下：澄海人经营出入口与火砻；饶平人与潮安人亦然，但人数较少；潮阳人经营当业与金橱业（打金叶子，做成金器，作装饰品之用），其光景较差者做人力车夫；揭阳人与普宁人以农为主业，种稻及养猪。

暹罗甚少近世式的工厂，一般的制造尚依赖手艺，迁民与侨民有许多精于手艺者，舂米用火砻，这是简单式的机器工作，只有挑米尚依赖人力。稻米的种植，大部分由暹罗的农夫担任，至于火砻业几为迁民所包办。

从前迁民大致不带眷，仅单身在暹居住，偶尔回国。近年来因国内政治不稳，光景较好的迁民，往往把家眷随同自己带到暹罗，暹罗的物价大概较高于潮州，房租较高于汕头，普通物价约较两处高出30%，但米价较两处为低。

店员如司账每月可得薪金暹币30元，经理较高，20年以前，迁民娶暹妇者比较常见，近来减少。暹习轻男重女，女子可分财产。

民国革命以前，迁民集会往往被当地政府干涉，近来可以自由。迁民在暹有买土地之权。

近来暹罗政治权有集中于王室的趋势，因王室自私自利，引起人民的反感。世界不景气以来，这种反感逐渐深刻化；国家财政无办法，政府只依赖裁员减薪，以暂维现状。

暹罗有些政治领袖，深沐欧化，如銮巴立（Luang Phradis）曾留法得法学博士学位，其父华人，为暹罗内务部长，其弟陈汉初亦在教育部任要职。

迁民对于暹罗在商界有最大的影响，工业与普通建筑业次之。在农业有最小的影响，因土地肥沃，耕者即使不勤不俭，也能有收成。

英法在暹有平均的势力，英在财政界，法在政界与司法界。暹新政府亲日，从前王族游英者多，新政府既反对王族，拉拢日本另谋政治的出路；同时日本近年来在南洋各处亦作多方面的活动。

迁民与侨民参加革命者有陈载之、萧佛成、王亮初、陈笑如、陈绎如，这些多是商人，惟末一人以律师为主业。

普通暹人与华人有好感，但已受欧化的少年，富于民族思想，往往参加排华活动。有些暹文报纸，公开宣传暹人的自觉，以抵抗华人。

暹王五世维新，对汉人用怀柔政策，六世对汉人渐用苛严手段。新政府最苛，可由移民律反映出来。从前迁民在暹的居留费，每人纳暹币4元，目下已加至100元，此外尚须入口执照费10元。

新政府成立后，华侨学校须强迫授暹文（自1933年即佛历2476年起）。

中华商会成立于宣统二年。民国十七年会长黄庆修等募暹币100元建会所，此会所即与火砻公会合用，会章有董事局、商事公断处、货品估价处，并于民国十七年经暹政府批准立案。商会热心国事，对于下列各事均行参加：奉安大典，反对废止批款邮章，筹赈国内灾荒，派员出席国际禁烟委员会，反对华侨学校的新法律。

中华中学（二十四·二·十八）

学费按月收纳，学生入学亦可按月计算。教科书不一致，有些教材不适用。商务虽有专为南洋用的教科书，但有一部分教材如史地与自然并非专门讨论南洋者，颇有改进的余地。

华侨学校董事会，由迁民中富商组织之，对于教育，或不发生兴趣，或不了解宗旨。

自1934年至现在，内地华侨学校，因违反暹教育部新章勒令闭校者约700所，其主因是教员不识暹文。

华侨学校之公立者其经费由富商每月捐助，私立学校大致依赖学费。华侨分五团体：海南、客人、潮汕、广州、闽南。学校因用国语授课，任何团体俱可送学生入校肄业，不致感受语言不通之困难。

明德学校（现改名广肇），距今20年前即已成立，为各华校中之最早者。中华商会教育股于民国二十一年联合各校开运动会，因各团体地方观念太深，结果发生反感；第二次运动会因此未能开成。

在暹华人的四分之三已暹化，近年因闽粤不安，老侨希望在暹久住，不希望儿女读中国书。

火砻公会（卢飚川、陈立彬）（二十四·二·十八）

在暹有火砻约400,大半属于华人,曼谷华人在市有火砻约60。次要者为木材业,华人有锯木厂24,大部在暹北,零售商人几全数为华人经营,香烟火柴、罐头食物、饼干、进出口……大概是华人的企业,原料由欧美运入时须经华人之手。暹人对于商业似不感兴趣,华人大半是中间阶级的分子,欧人是大资本家。农业甚少华人参加者,因稻米的种植,纯由暹罗人担任;但菜园、水果、椰子大概系华人种植。

Assumption College(二十四·二·十八)

Father Colobet 创立此校于1885年,于1935年举行Jubilee,到现在为止,已有学生10600人。

国民会议有议员144人,内55人由政府指定,余由人民选举,年21及以上者不论有无教育与财产俱有选举权,此项选举实行已四年。

人头税每人暹币五元,由21岁至60岁者担任付款。收入在2400以下者不纳所得税,新政府近实行遗产税。

Vilas Osatanada, Secretary to State Councilor, Ministry of Public Instruction

16年以前,教育法已颁布,但前数年才次第施行,

2年以法律规定全国半数的人民必须在10年之内能读及能写暹文。政府与和尚合作，使在佛教团体内征求一部分师资，同时政府设立高等师范四所训练师资。自去年起，全国寺庙内已设学校1000余所。教育经费每年800万暹币。

儿童在9岁与14岁之间者必须读暹文（十六年以前法律），14岁以后可以自由读汉文。华侨学校的教员必须懂暹文，然后许在学校教书。十分之一的华侨教员能读及写暹文。

曼谷有华侨学校204，内中有67校因违章于两年之内被封，此外有24特别学校，内中有8校亦被封。

华侨学校的教员，对于强迫教授暹文一事，似有偏见，以为暹文没有普通的用处，自己不愿选习，亦不愿以此教授学生。

教育部部长（二十四·二·二十）

于华侨学校最有关系的法律如下：(1)《民立学校条例》(B.E. 2461)，(2)《强迫教育条例》。

谈话内容，引用上述两条例，并详加解释，要点总结如下（一部分见曼谷《民国日报》1935.2.19）：

（四）*当在全国各地颁布实施强迫教育法规时，政府要依照条例严格执行。除教部准予将强迫年龄提高为8岁或9岁之各区外，则凡各在强迫年龄内之男女儿童（自7岁至14岁者）俱应在强迫学校内上课。

照《强迫教育条例》而上学，为暹罗实施强迫教育之原则，故凡居住于业经颁布《强迫教育条例》之各区域内，不论何种何籍，皆须进强迫学校受强迫教育。凡华暹民立学校之开设于强迫区域之内者（或各国侨民之民立学校）倘欲招收自7岁至14岁儿童，必须依照《强迫教育条例》。至于各华校方面，因课程插有外国语言科，如严格施行《强迫教育条例》，恐不能招收上述年龄内之学生，教部为解除前述困难，并念及华校提倡教育的善意，准予采用强迫教育课程相等之课程而准予用外国语言教授，此可谓教部之对于华校特别宽待者。

（五）前条所述宽待办法，如华校能谨严遵行，教师将予种种便利及援助。惟事实不然，大部分之华校，竟利用此机会，实行教授关于其他各种课程，以及政

---

*原文如此，指从第四条引起。——编者注

治主义，并不做关于适当课程之教授，如职业教育或其他课程。查政治主义之教授，并非在宽待范围之内。故此负有整理教育及维护共同利益之教育部，不得不停止此种对于各华校之待遇。

（六）各华校既有上述不合法行动，势将影响至不能使儿童达到《强迫教育条例》之目标，教育部为谋共同之利益及执行法律起见，只得收回教育权。

教育部之职员初尚予以指导及警告，后觉各华校未能接受，故教育部未能宽待，将照所规定之条例执行，使以其他各民立学校之待遇平等。虽然如此，华校对于法律条例，尚时有越轨之行动，而已被教育部封闭之华校如向部请求重开，教部亦曾设法使其如愿开办，而代为规定课程，使其能教授中国语言。终以华校未能接受教部之善意，反而再用种种手段，避免规定课程，凡此种种使教部对于华校失去信心，且如使儿童能遵照强迫教育课程授课，同时为促成强迫教育条例之功能而能照暹国宪法所规定完成教部之使命起见，除收回教育权之外，实无他法。

（七）至于各华校之违犯法例之实情，经查问一部分办理华校之董事，据谓彼之创办华校，目的为使儿童学习华文而已。倘有教员教授学生以政治主义，彼亦不满意，且甚失望云云。此项调查之结果，可知一部分华校董事，对于此种犯法之行为，未有参加其间。教部对于此种善意，甚为感激，尚希其他各校董事能明了此事而与教部合作，使此事能照《强迫教育条例》所规定，将获完满之结果。

据此，足见教部，尚未有如一般不祥之谣言，而谓将实行对华校及阻碍华人子弟读华文之行为。反之教部为设法使各华人子女能读华文，虽幼童亦有学习华文之机会。如教部为便利一部分商人起见，在政府开办之学校内亦有华文一课之教授。

一切在暹罗久居及新居之华人，对于同一法律及同一条例之下俱享有与暹人同等之待遇，华校与暹校在同一法律所规定之内，华校尚比其他各校享有各种上述之特别便利。

不及强迫教育年龄或已超过强迫教育之儿童，得照国立学校条例所规定，由民立学校教授外国文或其他课程。

排华宣传（二十四·二·二十）

暹文《泰迈日报》，于1935年1月24日发表一文曰"中国与亚洲",内中指摘中国人有数点,要义译下:(一)中国人愚鲁,并无主脑;(二)中国人不爱国,不爱同种人;(三)中国人头脑简单,容易轻信外人之言;(四)中暹因政体及国策的不同,未能联结;(五)中国人在暹,时有不法及不道德行为,如私酿酒、私煮鸦片、发行伪币、不遵守《强迫教育条例》、运金出国、贬抑米价、搀杂货色、开设赌场、宣传共产主义。

中暹亲善（二十四·二·二十）

暹文《国柱日报》,于1935年2月8日,作文警告暹人,勿轻信排华宣传,并主张中暹亲善。译文见《晨钟报》(1935.2.8)。

下列各书禁止由华运暹:

(1)《复兴历史教科书》(高小第四及教学法);

(2)《复兴地理教科书》(高小第四及教学法);

(3)《新中华常识读本》(小学第八及教学法);

(4)《新中华地理读本》(小学第八及教学法);

(5)《新中华历史读本》(小学高级第二及教学法);

(6)《新时代常识读本》(小学高级第八及教学法);

(7)《新课程社会读本》(小学初级第四及教学法);

(8)《新课程社会读本》(小学初级第六及教学法);

（9）《新课程标准社会课本》（小学初级第六及教学法）。

书报条例于佛历2470颁布，于2475及2476修改，凡妨碍公众治安及民众道德各书报，不准入口。1934年6月2日，京畿政务专员通告各报不准登载关于下列各条的文字：

（1）军事计划；

（2）足以损失军队信誉者；

（3）挑唆军人使国家不安宁者；

（4）摇动暹罗与外国之国交者；

（5）与暹罗有国交之国有敌对行动者；

（6）披露外交部严守秘密之外交方策。

某华校被封后呈暹教部文：

查民校设立强迫班，经钧部批准在案，其功课及时间之分配，如一般之教会学校，悉遵部章办理，从未敢稍有丝毫之违犯，今钧部以促进宪法所定之教育宗旨为辞，下令取消民校，殊引为憾。缘民校既经钧部批准，又未闻有何种缺点之查评，而一旦加以取消，实为疑惑。原钧部此举既从促进教育为辞，则凡一切各校之强迫班,理不分华人及其他外籍者如易三仓学校等一律加以取消。民今冒昧上陈,非敢存心与各强国及民所办之学校自相比拟,实因民现寄居于暹国,当有权利受法律之平等待遇,如宪法所规定者。此项权利既不应受何损伤,亦不能低于其他外人所享受者。如钧部能察民办之强迫学校,背律而行,查核有据,致受查封,亦甘低首下心,可无间言。民校现未有错误,而受不平等待遇之取消,意者以为华校之强迫班,不许其存在,以此为停办之成案乎?民信此非钧部之用心……

(二十九·十二·七)

暹罗《初等教育条例》颁布于民国十一年。《教育实施方案》,订定于1924,要点如下:

甲、教育宗旨:(1)使全国人民受相当教育;(2)使全国人民受普通及专门教育;(3)使全国人民受平等之德智体育。

乙、强迫教育:(1)须受初等小学四年、专修小学一年;(2)受强迫教育者一律免费就学。

丙、教育程度:(1)已受强迫教育者,有普通公民之资格；(2)已受高等专门教育者，有中等公民之资格；(3)已受最高级教育者，应负上等公民之天职。

龙莲寺（二十四·二·二十）

同治壬申年潮人所建，有"法门不二"匾。大雄殿内塑观音如来三佛，有匾曰"佛光普照"。华佗神前有签筒，病人可以求签，并在寺内买药。药铺名"中和堂"。签用中文暹文两种，求签处除华佗外尚有佛祖六祖、观音三处。

寺正殿供祖师，旁有金身佛，装饰悉照暹罗习惯。右有华佗，左有六祖，寺右首为九皇殿，内供南北斗母宫，奉祀九皇，黑须，用仙帚，题名"福坛"，寺内有树神，立碑曰"泰山石敢当"。

本头公庙

正殿有"玄天上帝"匾，按暹俗，水浒所述梁山泊燕青有功于暹，封本头公。本头公性质与马来亚大伯公相似，纪念土地神。阴历正月十五演戏拜神。庙内有咸丰己未匾，池内有大龟，与槟榔极乐寺仿佛。

暹华侨教育案（《民国日报》社评）（二十四·二·二十）

（一）关于中暹亲善者，吾人侨于暹国，衣于是，食于是，住于是，生男育女于是，莽莽暹邦已不啻为第二之祖国。暹国之休戚,即我华侨之休戚,故吾人爱祖国,尤爱吾人所侨居之暹国。暹教育部诸公,为华人学校,教儿童爱其祖国,使一般华裔子弟,对于暹感情发生隔膜。假使华人学校真有离间中暹感情之事,致重劳教育部诸公之悬念,则吾人抚衷自问,亦不自安。然中国圣贤最讲礼让,中国民族最爱和平。故以中国文化灌输于一般儿童,敢信实际上于中暹亲善,必有益而无害。先贤有言:亲仁善邻,国之宝也。数千年来,中国上下服膺此训,始终勿逾,故与邻国一与"讲信修睦"为宗旨。又《礼记》一书为中国言礼者之所宗,而《礼记》中亦有"大道之行也,天下为公"及"君子贵人而贱己,先人而后己"之语。此种注重礼让,及大公无私之精神,实即中国之基本精神。近代中国民族所一致信仰之孙中山先生对于"大道之行也,天下为公"数语,尤为心折,尝书此以与其同志,于国民政府正本孙先生遗教以治理中国,可见中国古哲秉公忘私。而今日之中国民族,亦正仍本此旨,未尝违背。则设立华校,以是项中国文化教导儿童,使一般儿童皆能为公而不为私,皆能贵人贱己,先人后己。则儿童长大之后,皆能为中暹两民族之公共利益而努力，并不为华侨私人之利益而努力。我知中暹亲善必能日益增进，断无隔膜之虞。

（二）关于研究暹文者，教育部长官谓华校教员当考试暹文时，多设法避免；究竟华校教员之设法避免者为数多少，吾人不得而知。惟教育当局既凿凿言之，则此种弊端，或亦事实所有。今兹所欲研究者，即此等规避考试者系为不注意暹文乎？抑无暇晷可以研究暹文乎？华校教员总计颇为不少，难保无怠惰者，对于暹文不加研习。然就吾人所知，几家成绩优异之学校，其教员之责任，均极繁重，除授课之外又须办理校务，批改课卷。每日学生作业，动辄百数十页，非至夜分，职务难毕。此种教员欲得一空闲以研习暹文实属非易，彼等非敢不注意暹文，乃无余晷可以研习暹文，似此情形实非得已。

曾鼎三（二十四·二·二十）

新民学校教员，潮人，据传说宋末潮人已有来暹者，暹人今呼Tachin河，内中Ta谓码头，Chin谓泰人，其他暹语亦有汉语的影响，例如暹呼橄榄为Kalal，呼荠菜为Kungchoi等。

听说锡矿为华人所发现，《宋史》称"丹眉流"

(Nakonsridhamaraj)。

暹国华人奉天后圣母,称妈宫。

暹人采用华人的习惯如穿裤、用筷及拜祖(不在人死时拜祖,乃在过年时拜之)。

潮人重视家乡,称父母之邦。有钱者辄归国,华人娶暹妇者为数甚多,丈夫归国时,暹妇不归,因闽粤天气较冷,且言语不同。混血男孩,大致归国学汉文,以便经商,混血女孩,大半伴母亲常居南洋。

Graham Fuller(二十四·二·二十一)

暹人有华人血者,其数甚繁,确数不知。有许多侨民,其父为华人,母为暹人,儿女是混血儿;此种混血者在暹各界俱有,有些重要政治领袖及商业领袖是混血儿。耶稣教徒在曼谷有400余人、包括广州人、汕头人及客人。

本人关于耶教徒搜集材料,准备博士论文,已包括一千多人,大致属于中等阶级,迁民与侨民俱有,工作进行已两年,预备向巴黎大学提出论文。

陈心愚(二十四·二·二十一)

任职于中华电影公司,本人在暹20年,回国已五次,最近一次在十年以前,大儿在此办事;全眷在广东澄海县樟林乡，在暹时常寄款回家，家信常有来往。

从前无华校，华人儿女俱同化于暹人，近20年来华校络续举办，华人儿女入学者渐多，这些学校激发爱国心。

华人在暹甚少有祠堂者，因离华较近，回国者人数较多，光景好者寄款回乡建祠堂。

本人在暹时代，眼看华人在商业上势力逐渐伸高。至不景气为止，华人把暹米运销于星加坡及中国，近来星加坡与中国的生意比较减少。

陈绎如（二十四·二·二十一）

17岁到星加坡，挑水、卖菜、捕鱼，22岁到曼谷，已住31年。民国革命第一次回国，民二归一次，民五归一次。老家尚有人，有信往还，偶尔寄款回乡。初到曼谷时，在批馆当书记，不及一年批馆倒闭，往暹内地充酿酒局书记，读暹文，27岁到司法部破产厅办事，供职一年。自民国三年起当选暹义勇军数年。民十三起当律师。（自民八起在曼谷律师学校当特别生，读讲义，无须上课，四年后考取律师。）

暹行多妻制，与华侨仿佛。夫权重，可以支配妻的嫁妆及财产。三年前暹新法业已起草但未颁布。

华侨学校的新式学校首推国民学校,光复前两三年成立。

A. G. Siegel(二十四·二·二十二)

1919年暹颁布法律,令华侨学校教员习暹文,三教员不服,回国。余习暹文,但实际甚少研习的机会。华校向有暹文,每周3小时,现增至21小时。暹新教育法颁布已16年(但去年才实施),实由华校逼出来的。

华人父与暹人母的儿女比较聪明,暹母对于商业的经营甚有能力。

民族性在华与在暹近俱发展,暹新教育法可视作两国民族性的冲突。

黄敏如(二十四·二·二十二)

任长安水火保险公司的经理,在暹37年,回国7次,末三次在民元、民二及民七年。大儿在曼谷,余在广东澄海县樟林读书,眷在樟林。本人信仰三民主义,对于樟林慈善事业素具热心,关于灾荒及各种救济的捐款已逾数万。

篷船发源于樟林,便利迁民不少。樟林在表面上虽繁荣,如新建房屋之增加,但富商破产者近已增加,曼谷华商现况亦不如以前,卖日货者人数加多。

暹关税现已提高,以前按值抽5%,现抽30%。暹俗与华俗最不同者为衣服、饮食及火葬。

陈道辉（二十四·二·二十二）

经营德封泰批馆,在曼谷十余年,回国4次,眷在曼谷与樟林。华人寄款回国时,大数由银行,小数由批馆。樟林人在曼谷者多数经营批馆、米、出口业及杂货业。

店员月入暹币20至30元,华人失业者甚多,因此批馆生意不佳。本批馆于去年汇华币40余万元,比前年少一半。

陈道生（二十四·二·二十二）

服务于四海通杂货店,在暹生,家住曼谷,6岁时返汕头乡下本村,在村入小学,13岁至汕头,肄业于Anglo Chinese College,19岁入香港St.Paul College,1922年到曼谷,时年22岁,现年34岁。第一次结婚时18岁,在家乡无儿女。第二次结婚时,妻为华人,但在暹受教育。因受暹母劝告,与此女子在曼谷结婚。

在暹华人以勤俭著称,往往娶暹人妇,但大致送儿女返国受教育。

上等暹人有奢侈习惯，因此于文化上对于华人无多大影响。侨民暹化程度高，受人的影响较大。

二、中南半岛

（一）安哥（Angkor）（二十四·二·二十到*）

出暹罗境坐火车北行，由柬埔寨入中南半岛或法属印度支那安哥（Angkor）。它是一小市，近由法国人类学家开掘，而才发现 Khmer 人的文化古迹，此种古迹代表距今五百年至一千年以前的文化。Angkor 附近自 3 公里至 28 公里的地区，已发现的古迹有七处，每处经政府重修，供人游览。此种古迹俱由石造成，有石人、石兽、石宫殿、石庙宇等。石人头的大者高约二丈，用许多大石拼成，西贡钞票上所印的人头即是。石人站立者有时亦逾一丈或一丈五尺。石屋在小山顶，高三丈余，用大石造成。每石作长方形，长六尺，宽三尺，厚四寸。每石上有大圆孔二，从前造宫殿时，或借此穿孔，用人力将石抬在山上去，亦未可知。石

---

* 原文如此。疑为二十二日至二十八日间某天。——编者注

宫称 Angkor Wat,有东邑谢同石题诗云："神仙造化此深宫，四面朝宗处处通。宝塔有尘寒雨洗，玉堂无锁慕云封。雕墙人物争妍日，历代禅房拜下风。地广难寻勾漏迹，倚阑凭眺各西东。"何文合诗虽平仄不入调，但描写比较切合事实，其词云："西方一座大佛堂，石壁石亭石做砖。五十四门通佛界，龙栖凤阁石皇门。"光绪乙未年，潮州浮洋王日合过此，留诗以记其游，词意欠工，但对于如此伟大的石殿，颇表露其景慕之思。诗云："宝寺如今万古长，二千三百十八年。诚信拜佛佛灵应，来到寺中如到天。"

日人到此留名者，有名古屋人伊藤洛郎，时在昭和九年。

安哥是一个清幽洁净的小市，有一处街道整齐，商店林立，余顺街而行，见一"高等谈话室"。入内，有一室颜曰"拿破仑"，其对面一室颜曰"诸葛亮"。一门方开，余即入内，有一位法国人与安南人的混血儿，自鸦片坑上坐起，用法语问曰："君系日本人乎"？余曰："否，中国人！"彼应声曰："不然，因君不吸鸦片。"

（二）提岸

中华商会（二十四·二·二十八）

提岸离西贡七公里，为华人荟萃之区。该处中华商会，据刘景、许亦鲜、李陶民氏所述，系成立于1904年，因海军军官黄大珍率海筹来西贡，华人乘机立案。民国十二年建会所，费十万安南币。提岸有大规模米绞（火砻）约50，大部分在华人之手。资本每米绞约西贡币100万元，每日可出米400吨，工人工资每月西贡币30至40元，计件付资，每袋得二分，每日每人得自二元至一元五角（一昼夜分六段，每段六小时，做满二段为一工）。米出口时，如运往欧洲，大致先到法国，如运往中国或日本则经由香港，余留南洋供土人食粮之用（出口商人中外人俱有）。土产出口者以鱼为大宗，运往星加坡，出口商人全属华人；次为椰干、椒及杂货。

华人以做店员者为最多，每人每月入款自20至60元，"新客"以改善经济为最重要的考虑，往往一到安南，就要找职业，找到就算，无暇选择。

迁民入口时，女子与小孩（18岁以下）减轻人口税,因此女子与幼年人特别多些。从前女子纳2元,今年起纳5元。18岁以下者入口时纳2元,入口后无税。18岁以上者入口时正税15元,附税15元,以后每年付30元。业商者另加他税如营业税等。征税分等级,各种人不同如下表:(1)本地人年纳身税5元;(2)明乡人(Min-Huong)其父为华人其母为本地人,系混血儿,此等人有当兵的义务,年纳7元或8元;(3)华侨(指迁民);(4)亚洲人(除中国迁民);(5)欧洲人。

普通迁民于入口时俱须纳身税(居留税)。如为商人,再加营业税,其数视营业之大小而异。如为地主则身税外另加地税。以上各种为正税。正税之外再加附税,往往等于正税的一倍(附税称Impot Gradué)。

杨清民(二十四·三·二)

提岸暨南中学的课程,求与上海真如暨南大学相衔接,以便其毕业生可以升学,实际回国入学者人数不多。历史最久之华校为穗城,范围从前是很大的,但教授旧书,如四书五经。华侨分五帮(广州、潮汕、客人、海南及闽南),学校亦分五帮用方言授课。客有崇正,潮有义安,俱公立。民十一会提倡学联会,因意见分歧，才于 1934 年成立。国语运动，在此地无势力。

安南宗教与中国相似，一般的土人祀祖先。安南有国语，用中国字，近用法文拼国语，不用中国字。

安南革命领袖潘佩珠，曾旅居中国 20 年，于民十六年返安南。在中国时曾一度在张作霖部下服务，潘返安南后，提倡中越两国亲善。

华侨汇款回国，以汕头为中心，潮人有批业公会，势力最大。

（三）西贡

华侨所述的侨乐村（二十四·三·一）

安徽宣城水阳镇，北距芜湖 90 里，南去宣城 70 里。土广人稀，背山面湖，土地肥沃，可供耕牧渔樵之用。民国二年广东中山县人甘水贵自巴拿马归，在该处经营商店，为华侨在该处有企业之始。民国十八年，台山人邝悦敬返自北美，在该地养鱼种竹，获利颇丰，侨委会委员旅墨华侨赵委庭氏，于民国十九年历经北平、芜湖、宣城等地。拟择地安居，作返国计，认为侨乐村适于垦植，将调查情形撰文寄墨，此后归国侨民往彼者不绝于途。民十九年与二十年美洲侨民卜居者约900人。民国二十三年侨委会拟定垦植计划，调查荒地，预备救济失业归国华侨。

中南半岛的中国人

据传说，当1680年时，有广州某将军占领Bien Hoa，自1715年以后安南酋长向中国进贡，此后华人到者渐多。

印度支那的中国人分五帮（即海南、广府、潮汕、客人及闽南），有帮长。帮长两年一举，由法国地方长官秉承总督之命委任之，帮长不付附税（Impot Gradué）。此制沿用甚久，据说自华人到此后即实行。

远东博物院（Musee Blanchard de la Brosse, Saigon）（二十四·三·二）

房屋建筑仿中国的艺术，屋顶八角式，用瓦，院对面有一亭亦中国式，亭顶尖峰直上，用瓦，四面柱上盘龙，有石级，门窗俱用中式。

院内陈列印度支那各民族的文化，及美术（包括Khmer族的古迹），并有中国艺术品及日本艺术品。

亚洲人移民局（二十四·三·五）

余于二十三年十二月由香港乘荷船南行时，船在西贡留二日，以便装米运往东印度。余拟在西贡上岸，与华侨团体作初步的接洽，不料方至西贡，余自一等舱出来时，即遭安南警察拦阻，后由船主解释才上岸。余疑护照有问题，所以在星加坡时，曾与总领事刁作谦先生商谈，转请法领事审查，据说护照并无问题，余自暹罗入法属柬埔寨时，边境法警局验护照后即顺利放行。余将离西贡时，轮船公司嘱先到亚洲人移民局办手续。余入该局，见中国部分，分五帮，即海南、广州、潮汕、客人及闽南。余交去护照，并向执事人问曰："我的中国应属于哪一帮？"执事人亦笑，拿护照后屡次向我提出问题，报告完成后交法籍长官，后又数次修改，把我归入客人帮，最后引我到一室，要取我的指印。我甚惊异。旁有一华人曰："请先生忍耐些罢，很有名誉的富商亦是如此的，因此地不用护照，侨胞入口全凭居留证的。"我因距轮船驶行，仅二小时，任其取指印而去。

出局门，余乘机参观局旁的拘留所。这屋长九步宽四步，屋中间无凳，仅靠墙处有长凳一排。此屋共容33人，大半都是站立的。迁民入口时，要付身税领居留证，每人须付西贡纸30元。如本人无钱或西贡的亲友无钱时，此人暂居于拘留所。入所后，经若干时尚无钱，则由轮船公司送回中国。

中国与越南未订条约以前，关于迁民入口，概况如前所述。余到南京向外交部报告时，大家诧异不置。当时《中越条约》草案正在讨论中，内有一条云对于中国及法越人民，彼此均予以互惠国的待遇。我说我所遇到的决非互惠国的待遇，我国一般的迁民所遇到的亦决非互惠国的待遇。

鸦片制造厂

西贡有规模极大的鸦片制造厂，两街相连，行人在街上走过，鼻中充满鸦片气味。鸦片系由殖民地政府专卖，据说本钱一分，卖价六分，得净利五倍，吸食者有中国迁民、侨民、土人、混血儿及少数法国人。

第五章 苏联

民国二十四年夏至二十五年夏，为余休假之期。在休假期间，余往欧洲游历。二十四年九月十四日，余乘火车离北平，同行者有北京大学文学系徐祖舜先生、师范大学教育系田沛霖先生及燕京大学张尧年先生。至满洲里时积雪已盈三寸。在西比里亚火车中，四人同房，车厢高大，饭食亦佳。三先生直赴欧洲，余留住苏联七星期，专门研究工人及农夫的生活。在莫斯科时，余暂住于新莫斯科饭店（New Moscow Hotel），为该市最新式的旅馆之一，亦即外国人旅行苏联时必居的旅馆之一。行装甫卸，即往访颜骏人大使，颜适因公赴欧，余见谢子敦君。七年前谢君曾从余习社会学，国外重遇，协助颇多。同往苏联外交部国际文化委员会（Voks）接洽，蒙远东部主任Mrs Vega Linde代为筹划，并派柴德门夫人（Mrs J. Seideman）为译员。夫人除俄文外，尚通英德法及西班牙文，以后常伴余访问或节译文书。除西班牙文外，常有利用英德及法文的机会。

关于苏联的书籍，余共携九种入境，其最旧者距余旅行时尚不及三年，但书中所述往往与余在苏联所见所闻者不同，足见其社会变迁之速。余游苏联笔记中，关于社会情形及工人与农夫生活者甚多，与余在国内的旅行记述，特别是近年来在闽粤市镇与乡间的见闻，可资比较。

一、莫斯科社会一瞥

莫斯科社会概况（二十四·十·一）

俄国政府新近决议，减低食品的卖价，自今日起实行。傍晚，余到旅馆相近的食物店参观，买主塞途，竞买面包、肉、鱼与水果。

鱼铺普通用火砖砌一小池，满盛清水，池内养鱼。池上装以水管。活水时时流入，街上行人，往往见游鱼而驻足。此池既富广告性,且可以多养活鱼。

俄国的房屋,在外面看来往往很小,入内常觉地位宽敞,陈设亦得宜。因地处寒冷之区,有许多房屋,用双重的玻璃窗。但我不解何以苍蝇尚能自由出入?有一次我在一小饭馆吃点心,在我的桌上,约于半小时之内,来了31个苍蝇。我的旅馆是莫斯科最大并最新式的旅馆之一,但饭厅内常有苍蝇,莫斯科的医院内亦时有苍蝇。我们的印象是:在天气寒冷的区域里,不应常见苍蝇呢!

饮食品店内卖各种熟鱼,如熏鱼、咸鱼等。生鱼子是最有名的:颜色有青者,有红者,青为上品。生鱼子加在面包上,在欧洲算是最讲究的食品之一,饮酒时往往用以提胃,大宴会时,在餐前亦用生鱼子助酒。

外国人购物的百货商店(二十四·十·二)

外国人买物必须在政府指定的百货商店曰 Toxin,物价以金卢布计算。美金1元合金卢布1.2,合纸卢布35.0,因此金卢布1约等于纸卢布35。俄国人用纸卢布,外国人用金卢布。同一物品,如在俄国人常买的商店购买,或在外国人常买的商店购买,有不同的定价。外国人住的旅馆亦用金卢布。其实我和苏联的工人或农夫,同样的以劳力谋生,只因我从资本主义的国家来游,被误认为资本主义者,因此被剥削,我未免抱怨。

第195 托儿所(二十四·十·二)

本所成立于1935年2月,在 Red Place District,专为棉纺织业工厂而设的,共有儿童120人,年龄自两个月至三岁。一半的儿童自晨七时至晚六时俱在所内。母亲在上工以前送小孩入所,自己往工厂做工,散工后接小孩回家。工厂的工作时间为每日七小时,在工作时间内趁休息的机会,母亲亦往往到所哺乳。所内有医生、护士及管理员,照料一切。

按儿童的年龄分成若干组,每组有卧室、洗脸房、游艺室等。卧室的阳光充足,空气流通。很小的儿童,每人的脸布、脸盆、被单等,以鸟兽或家畜作标志,小主人认清自己的鸟,用自己的东西。三岁的儿童往往利用游戏台,台的两边有扶梯,一作上台用,一作下台用。

厨房甚洁净,对于食品的预备特别小心,以适合卫生为原则。

患病的儿童另居一室，皮肤病比较普遍。

政府对于每儿每月出170卢布，父母按薪金补充之，如父的月薪为400卢布，母为200卢布；他们每儿每月出100卢布，作为饮食费，其他费用由政府担负。

Mowsoff 文化院（二十四·十·二）

1932年秋，乌拉尔区的农夫，方在收割。收成的一部应向苏联政府纳税，但为富农及 Mowsoff 的父亲所反对。Mowsoff 时年10岁，为前锋团团员，他将此事秘密报告于乡村苏维埃，各富农因此被捕。为报复计，富农谋害 Pavlik Mowsoff。本院即是纪念他的，原来此房是一个礼拜堂，经修改后成为文化院。

院内有各种美术圈，如音乐、钢琴、提琴、自然科学、电气工程等。此外有农业实验及自然科学实验室。美术圈与实验室，俱由教师指导。

图书室有书报12000本。本院儿童编辑《前锋报》（*Pioneer Tnohep*）。他们曾制造汽车一辆，现已在公路行驶，往来于莫斯科及距此院60公里的地方。

食堂里用简单而廉价的食品，每童每日约费一卢布。

本院的儿童各在学校上课，课余来此，按自己的兴趣，研究学问或找娱乐的机会。有一童云："我年12

岁,刚在本院游戏完了。我已和朋友讨论甚久,现在要离此院上学去了。"

我国人参观此院者署名T. T. Koo,以英文叙述他的印象。日本早稻田大学教授用日文表示意见,称此院为儿童乐园。余用中文留字云:"这代表儿童教育的新潮流,儿童们可以用最适当最有用的方法,来利用他们的闲暇,以便养成新世界的国民。"

我的俄文(二十四·十·二)

我在旅馆往往于晚间洗澡,先穿浴衣,然后按电铃。仆人来时,余即指浴衣示意。今日由柴德门夫人处学会洗澡一字,大胆地向电话司机生说:"Wana",她点头,余甚满意,认为俄文已有进步。返卧室后半小时,有人叩门,余启门示之,旅馆饭厅内来一侍者,左腕挂一饭巾,右手持火柴一盒。他说了几句俄国话,完全文不对题,余所能懂者仅Cigarette一字而已!

第二美术戏院(二十四·十·二)

The Second Art Theatre今晚演《好生活》(Good Life)话剧,描写目前苏联的社会情形。有一中间阶级的家庭,其壮年男女对于机械画,建筑工程学表示兴趣,因此他们正筹划重建莫斯科市。一人是共产党员,他已请某大学教授讲堕胎，并已付 200 卢布。如此高的报酬，惹起全家的辩论与讥讽。

女厨司携芥末一大筐，装成十数瓶。自白云："我所买的芥末，足够全家一年之用，我恐怕明天市上食品没得卖呢！"全院大笑，因 10 月 1 日政府才下减低食品物价之令。

晚七时半开演，十一时完毕，看戏者各界人俱有，秩序颇好。有些人把食品带到戏院，于方便时用餐。戏台可旋转，布景敏捷。

自革命以来，美术家的生活如常，本剧扮女厨师者，在革命前已享盛名。戏剧的内容常有变更，目前多采用当时通俗的材料编成戏剧，因此美术与生活可以打成一片，以便一般的看戏者可以了解和心赏。工厂工人常于散工后入戏园看戏，以资娱乐。

托尔斯泰博物院（Tolstoi House and Museum）
（二十四·十·三）

是以他的家作为博物院的。托氏的一生事迹，用很现实的方法陈列出来。他的代表著作也择要陈列，如《战争与和平》(*War and Peace*) 的一部分原稿，及 *Anna Katherine* 原稿的一部等；前书的日文译本，亦陈列于此。

托氏有子四人,妹一人;其妻与妹,有时候在他的著作中可以读到。

有油画一张,描写托氏抱病,持笔写末页的日记。带须的老仆跪在床前,预备接收主人的日记。

啤酒店(二十四·十·三)

今晚余在冷僻的街里,入一啤酒店,饮者俱为男工。每人饮一玻璃杯啤酒,用香肠两段,两块面包,一只大虾。其总值不出一卢布。有一工人见我正于街旁彷徨着,用俄语对我讲话。他看见我不回答,便继续地自言自语,因此引起近六人的大笑。

近代美术博物院(二十四·十·三)

欧洲有好几国的近代美术在本院陈列,如法、意、荷及西班牙。绘画壁画,种类甚多,大小亦不一。

有一美术家,谅系久住于远东者,往往以日本及中国的乡村生活为绘画的主体。另有法国画家一人,常取材于中南半岛。荷兰一绘画家,画出荷国一乡村,其房屋有鲜明的红色,其马车似中国的骡车,其道路沿途弯曲,骤视之疑是中国的乡村。

著名美术家如 Picasso, Van Gogh, Cézanne,

Matisse，Monet，Mennier 等，俱有作品陈列。这些是革命以前，由莫斯科富商，出重价买来的。

恼人的新闻（二十四·十·四）

Moscow Daily News 转载10月3日天津《晶报》的新闻云：中国北五省的自治运动，日有进展，一俟领袖决定后，即可宣布独立。《晶报》是无名小报，并受日人津贴，故登此淆乱听闻的不确消息。

余在红方场（Red Square）拐角参观 Cathedral of St. Basil，内有 Chapel 十处，每处有司拉夫文刻出锥形的 Byzantine 神像，塑在旧墙上，甚高。有一部分成于1595年，有许多 Cupolas 多是歪曲造成，谅象征美术家由梦中得着结构的作品。俄暴皇 Ivan the Terrible 心赏本建筑，把建筑师的眼睛弄瞎，使他不能再建同样的礼拜堂。堂前有一像，成于1818年。

地方初级法院（二十四·十·五）

初级法院有法官一人，由政府委任，无故不去职。另由本地人民选举二人（通常是工厂工人），充陪审员，任职一年。陪审员注重事实的裁判，他们于任职前无费受法律的训练三个月。

初级法院分民事、刑事及劳工三组。审判不服，可上诉于莫斯科市法院或区法院,再不服可以上诉大理院。

苏联有简单的法律,民法刑法与劳工法,各种的条文不过一百面的材料,但关于住房的法律,目前比较复杂。因市镇里人口激增,住宅每不敷用。

原告如果不识字,可向法官口头告状。院内有法律谘询所,无费供给法律的谘询者,此所由工会出费维持之。

本院法官是共产党员,某法官向余解释共产党的责任云:"党员应和平常人一样地努力工作,党员的道德与责任,要比一般人高些,才能不辜负本党的领袖与同志的付托。"

劳工法规常为本院所引用,对于雇佣条件的纠纷,普通多援用法规来解决。

大戏院(二十四·十·五)

Bolshoi Opera Theatre 今晚演"雪女"(Snow-girl),这是 Pushkin 所著的儿童故事之一,描写冬春夏三季,用极美丽的布景及歌咏来表达。本歌剧由送冬的盛会开始,其节目有宴会、团体歌唱及团体舞。内中有女神一,以纸做成,这是冬神。"雪女"艳妆出台,伴以鸟及花（鸟与花俱由男女儿童扮成）。按故事"雪女"不知恋爱，其母启发之。有富商已与另一女子发生恋爱，此女亦爱之。富商见"雪女"甚美，同时亦爱"雪女"，他女忧忿，禀于俄帝，帝决驱逐富商出国。他女因爱富商，求帝稍缓执行此决议。夏天来临，"雪女"怕阳光曰："我只有一颗冷心，不知恋爱。"在阳光下，"雪女"融化，忽然不见。

布景艳丽，歌唱优美。扮"雪女"者才14岁，被约至欧洲歌唱已三次。本戏院约有二百年的历史，著名歌唱者俱在革命前已成名，政府继续尊重他们。俄人喜音乐与美术，宁愿节衣缩食，省出钱来买戏票，一般人尤其醉心歌剧。

星期日（二十四·十·六）

晨在旅馆拟定问题13个，准备明日赴工会最高理事会谈话时之用，问题见后（"工会最高理事会"节）。

正午颜骏人大使约余在其家午餐。颜宅系向一俄人租来，有房十三间，从前每一房为一个机关所租用，足见莫斯科住房的缺乏。

颜大使云："日俄战争时，日本逐出俄国势力于东三省。1914年世界大战时，日本消灭德国在山东的势力。我怕在不久的将来，日本将要把英国人的势力逐出于中国。"

饭后颜大使约余游莫斯科近郊，汽车向西北行约26公里到Onkinski地方，现为军官的疗养院所在。院所从前为一富商所有，现已修造，有博物院、网球场、空旷的草地及树林。再往北约25公里到Novo Stalin（New Jerusalem），此地有一古老的僧院，最近一次的重修是在1874年。院内有精致的礼拜堂及美术化的装饰。

对于中国革命与苏联革命的主要区别，颜骏人先生发表如下的意见："中国革命给我的印象是，有些失业者（以前在军队或政界服务者）组织起来把有职业者逐出，自己起而代之。因此中国革命在社会上不发生力量。苏联的革命领袖，在革命以前或被监禁或逃亡在外，多有一定的主张与主义。一朝得了政权，他们要实现他们的主张与主义，这是很有力量的，因为他们的革命是用血与生命换来的。在苏联今日，工人与农夫的经济与社会地位有显然的提高，就是革命力量的表现。"

我问："苏联的榜样是否可为中国所仿效？"他继续云："大概不可"，"因为中国缺乏几个先决的条件，例如苏联在革命时宣布外债无效，宣布关税自主；同时欧洲国家那时正自顾不暇，无力干涉苏联革命。上列各项，俱非中国所能利用"。

第48学校（二十四·十·七）

有学生3000人，分两组上课，因校舍不大，教室是轮流用的。教员106人。每年预算为卢布600万。第一、第二级教员月薪自200至250卢布，他级教员月薪约得450卢布。

学生最幼者7岁半，在校肄业至15岁或16岁。七年的教育是强迫的，学校有十年的课程，但末三年不是强迫的。七年的教育修满后可入职业学校，十年的教育修满后可入大学，因此有许多学生愿意接受上述第二种教育。

本校的课程如下：俄语、俄文（12岁及以上者）、数学（算术、代数）、自然科学、地理、历史、外国语文、物理、化学、社会学、劳工问题、图画、机械画、体育、歌唱、地质学、冶金学。

七年与十年教育俱不收学费。父母有经济能力者，对于入学儿童付书籍费。公共食堂每人每日餐费苏币47分，本校无宿舍。本校的课程由教育委员会编定，全国是一致的。苏联注重教师的指导，不似道尔顿制完全注重儿童的自动。此地的教育目的在引起儿童的兴趣，激发求知欲，如发明、创作等。教师要领导学生，向自然发展的方面迈进。

课程以外尚有团体活动如美术圈（戏剧、歌唱、提琴等）。教师不但对于学生在校的行为要负责，并对于在家的行为要和父母共同负责及共同合作。美术圈的领袖、夜班的指导者，俱由教师充之。

职业病研究院（二十四·十·八）

本院工作人员400人，半数是科学专家，如医生、化学家、生理学家、各种工程师等。

关于工厂的设备，如机器的设置与管理，厂内的光线与空气、毒质、湿度、尘埃、工人卫生、工人宿舍的管理，化学工厂、金属工厂的检查等，俱在研究的范围。

文化委员会（Voks : L. N. Jcherniavsky）

（一）政府计划　在苏联不但生产由政府计划与统制，即科学工作亦由政府计划，因此需要与供给可以紧相衔接，无不足或糜费之弊。政府计划分两面，一由政府发动，一由个人发动，个人的发动可和政府相比，如与政府的政策完全相似，则其计划得着有力的证明，工作即可立刻进行。如个人的计划与政府不同，即称为反计划（Counter Planning）。参加计划者要悉心研究，以期得到最适宜的计划，然后实行其最后决定的计划。

（二）生产工具国有　主要的生产工具，主要的财富俱为国家所有。如此各阶级间，各人间逐渐消灭其经济力的不平等现象，不久盼望无阶级的社会可以实现。

在苏联，赢余的取得，不是任何人活动的动机。没有人以企图得着自己的利益为工作的主要目标。

（三）列宁的贡献　除马克思的著述外，列宁有下列的主张：（甲）雇主与工人间有经济利益的冲突；（乙）如欲实现工人革命，工人必须得着政权；（丙）工人的政府必须由工人及农夫共同奋斗才能成立。马克思生在资本主义时代，列宁生在帝国主义时代，因此二人所见微有不同。

（四）少数民族问题　苏联共有民族140，每民族有文字或方言，在帝国时代，他们被强迫说俄文，革命以后，政府鼓励他们用自己的文字或方言，使得文化有更宽广更富足的基础。苏联相信民族自决、民族自治，使各民族得到政治、经济与社会的平等。推广此义，苏联对于世界弱小民族、殖民地、半殖民地，抱同样的态度，因苏联是坚决反对帝国主义的。

（五）人性的改变　人性的生物方面是不会改变的，但社会与文化方面，近来有重要的改变，例如个人竞争已用团体竞争来代替，赢余欲已用名誉的奖励来代替，苏联的人民，和资本主义的人民在文化方面，实在有不同之点。

（六）失业　因下列各种理由，苏联已无失业问题：（甲）经济的恐慌业已废除，因生产已受统制，生产不致太多，生产与消费可以时时配合。（乙）集合农场，全国普遍，因此农民无须离村，蜂拥于市镇内讨生活。（丙）乡村的贫穷已废除或减少，因此乡人如有能力做工并愿意做工者，大致可以得着雇佣的机会。

歌剧大戏院（二十四·十·九）

足尖舞剧名曰《天鹅湖》（Swan Lake），描写中古时皇太子齐弗立（Prince Siegfried）的生活。当皇太子举行成年礼时，其母为之开跳舞会。母命其子于到会的女子中选其配偶，太子择一美女，美女不幸触怒于恶神（The Mairacle Man），恶神把此美女变为天鹅，因凡触怒者以前俱遭此厄运。太子四出寻爱人，抵天鹅湖与爱人相会，恶神遁去。

布景美丽，服饰煊耀，各人舞时大致用足尖，舞时不歌亦不语。舞者感情俱由身体的动作、脸色及四肢的行动表现出来。第三幕代表宫室，上台者不止一千人，有意大利、匈牙利及西班牙舞。

双十节

颜大使邀请国人之在苏联者，如旅客、新闻记者等到大使馆晚宴。用燕窝、龙眼、荔枝，尽是家乡风味，用俄国小吃（Sakuska）及菜汤（Bolshoi），并用法国酒。客堂墙上挂有中外的字画，屋内陈列中国玉器、磁器等。颜大使云："国家多难，所以我们用沉静的方式来纪念国庆。这是第二十四次的革命纪念，我们虽在外国旅店亦是欢乐的。"天津大公报记者陈君（Percy Chen）举杯为颜大使寿。

莫斯科市重建展览会

重建莫斯科市，是定为苏联的新政之一，各机关各道路、各住宅区、各工厂的模型，俱在本会陈列。

新公寓的模型表示用地的经济、美术化的装饰等，亦在会中陈列，书柜由墙上挖洞装置之，两家合用一澡盆，合用一恭桶，亦用模型指示其办法。已成的衣服，标出"最优"、"优等"及"劣等"三种，以便指示裁法式样及材料的品质等。

工程师、绘画师、建筑业专家、房屋经理人、市政府职员等多分别负解释之责。有乡妇一人，年约七十，问曰："在我家旁边有两小街，听说要拆去了，拆去之后，是否要建筑大街呢？"

生育节制（二十四·十·十三）

医院、工厂、妇婴保健会多发卖生育节制的器具与药物，对于工人大概是不收费的。按各人的需要，发出各种器具或药品，男人用的如意袋非常普通，女人用的化学或机械式的子宫帽亦不少，金属质的子宫帽不用。节育指导所往往派社会服务员到节育者的家里，去访问，同时劝节育者遇有问题时往指导所去讨论。各种节育器具及药物，俱在苏联制造，未见由外国运入者。

堕胎是合法的，在政府的医院里无费举行。孕母的允许是唯一条件，堕胎时医生亦不追问孕母所以要堕胎的理由。

吴南如宅（二十四·十·十三）

吴南如先生在民国十一年时，与中国代表团参加华盛顿海军军缩会议，余时方在哥伦比亚大学肄业，亦被代表团约去帮忙，现吴任大使馆参赞，吴氏夫妇约余在宅午餐。用宜兴菜、俄国白葡萄及 dinie 瓜。此瓜似美国的 honey dew，但较甜。吴氏有承继女一，五岁半；吴夫人患病，不能生育。

人事注册局（二十四·十·十三）

Zaks 成立于革命之后，范围较宽，手续较简。如有男女二人，决议结婚，到本局付三卢布，拿出护照（每人有护照）来注册。书记填写他们的姓名及住址、结婚日期。已嫁妇可用娘家姓及本人名字。

夫妇如同往该局，打算离婚，书记于第一次会面时劝再考虑。经考虑后如决定离婚，书记即为办理手续。如夫妇的一造去请求离婚，亦可，其他一造即由局通知。离婚以后儿女的经济负担，由父母分任，但父有较重的责任。

婴儿出生由父亲或保护人到局登记。

遇有死亡者，家属到局登记。

反宗教博物院(二十四·十·十四)

主要目的似在指示人们崇奉宗教的无用,同时劝人们注意科学,如历史学、初民社会学、人类学、社会学、自然科学等。本院入门处,两边墙上俱悬挂图表,一面是《圣经》所述的雨及雷,一面是现代科学对于雨的解释及天文学的选述。院中一部分的壁间悬着极美丽的圣徒绘画像。有两个埃及木乃伊,尚保存甚好。在帝俄时代,某诗人有反对帝国主义的诗,同时有反对宗教的油画像一张,画出在受判日(Judgement Day)礼拜堂的周围燃着大火的光景。通常以为这是将要死时所发现的作品,距今约一百年以前。在帝俄时代,军人在出征之先必到牧师处祈福,牧师劝曰:"战争是为皇帝,为礼拜堂,为帝国。"(For the Czar, for the Church and for the Empire.)

礼拜堂里,保存些人的骨骸,有一部分用布物盖好,但头与四肢尚显露。

关于1915年的革命有油画一张,长与宽刚刚盖住大屋的一边。下端画的是皇帝及眷属,由军队保护,并由礼拜堂赦罪的姿态。另一部分画红军的进攻状,红军被认为恶势力的代表。

人类学博物院（二十四·十·十五）

本院在莫斯科大学的校园内，即该大学的一部，成立于四年前，有65种人头，人头有许多种类及形状。关于人的演化，自有史以至现在亦择要叙述。

陈列室有毛发极多的一人，脸、手、足，有许多毛发。

初民社会的生活，用图表及模型分类解释。

埃及木乃伊一个，2700年以前的古物，在院陈列；由西比利亚得来的死尸一具，用带毛的皮裹好，据说已有一百年的历史，装在一长木箱内，去盖，以便游人观览。

歌剧大戏院（二十四·十·十五）

Bolshoi Opera Theatre 演足尖舞，名曰《三胖子》（The Three Fats）。此舞剧成于一年以前，全国得第一奖，为一想象的故事，描写三个胖子，俱是资本家。某日一个革命党员攻击胖子宫，失败被监禁。皇太子是平民之友，钟爱一个囡囡，这囡囡会走并会跳舞。有一日在舞场中这囡囡被人挤倒，皇太子失欢，约医生来诊治，但医生回家时，在路上遗失囡囡。医生找得少年舞女一个，扮成医好的囡囡，这个囡囡终究把被监的平民释放出来。

有一人出台时,两手伸直。当他起始跳舞时,两个小孩从他的手臂里出来,这两小孩用金圈围住,服饰如猴子。跟着是一花园的布景,美丽绝伦。一个兵士睡觉,在梦中见囡囡出舞,随后遇着二小美女及一虎。此种情景,俱一一演出。

本舞剧的布景、音乐与跳舞,俱美不胜收。扮洋囡囡者仅14岁,为全国最受宠爱的艺术家。

有一幕是厨房,参加者约一百人,包括男女及小孩,各穿白衣,各拿食品少许。

妇婴保护博物院(Museum for the Protection of Mothers and Children)

本博物院每日开放,不收费,其主要目的在启示一般母亲对于抚育儿童,促进健康的教育。人的生命史现实地陈列在玻璃瓶里,把生命分若干阶段,自成胎以至婴儿出生,每阶段有一真实的胎质,分瓶装好,一看可以明了生命的形成与发展,每瓶附以简单的说明。卫生各项目包括孕母的卫生与自生育以后的产母与婴儿的卫生,各有系统的解释,附以图表与插画。婴儿的食品衣服与睡眠的设备,既简单而又合于卫生。

博物院的一部是托儿所，所内有儿童的玩具与游戏品，各种游戏品俱用各地的农产品制成，利用树叶、麦秆、竹片与木片等；玩物里有人形鸟兽、家禽与水果等物。我们的印象是：这些是工人与农家常见的东西，原料是每家所有的，费钱是不多的。

文化与休息公园（Park of Culture and Rest）

莫斯科有同样公园四处。入园时每人须出苏联币一毫，园内有各种团体游戏，如足球、网球等，此外有电影、话剧、音乐场、健康训练班。有伟大的希腊人像，如掷铁饼者，象征体力与健康，又一处有巨大木船的模型，用极大的橹；另一处塑工人数人，作坐下休息状，内一人头部歪斜，如已入睡。

儿童城（Children's City）有各种室内与室外的游戏设备，有教室有娱乐场。每日有儿童多人参加各种活动。各年龄俱有，指导者有护士、小学教员、公园的体育技师等。

飞机降落伞的训练，每星期内有数次，游园者可随意参加。参加的人数总是多的。一般的工人，与其他各种职业的从业员，每星期工作五日，第六日为休息日，因此苏联的星期仅有六日，逢休息日有许多人乐于游园，园内有大树，有许多凳椅，有宽广的草地供人休息之用。游园的人借此可得休息，亦可以增长教育的知识，他们所费的钱是极小的，因他们中间没有很富的人，政府只求一般的人民能利用公园，亦不在收入上打主意。苏联的人民，钱既不多，亦不讲究储蓄。有一次翻译员对我解释云："苏联人民不打算有五年或十年的储蓄，因为储蓄无用，并亦无须。有了钱也没有多少货品可买，因为一个人的生活需要，大致可以满足。每人的入款足够他的一切消费，他的工作是正常稳定的，他不忧失业，他自然无须储蓄。工作完毕他到公园来休息，并企图发展他的个性，使其对于文化方面谋进益。"

国际文化委员会

远东部职员（Mr Spindler）云："在较短的时间，苏联确实已有较重要的社会进步。"余问曰："最重要的原动力是什么？"答曰："当然要归功于共产组织，因为世界上没有哪一个区域，在这样短的时间，能够有着相似的成绩。在共产组织中尤应注意社会主义的竞争（Socialist Competition）、突击队（Shock Brigade）与国家计划委员会（State Planning Commission），末一种组织在资本主义的国家是不可能的,其主因在缺乏统一的宗旨、机构与威权,资本主义者通常拿赢余当作一切努力的最重要的宗旨,那就未必与国家与人民的利益相符。至于突击队是列宁的发明,当1919至1921年饥荒时,国内几乎没有生产,所以我们需要以最高的速度、最低的成本增加生产,于是由激发工人的爱国心开始,拿效率最高、道德最高的工人做榜样,由他们做领袖,激励其他的工人们,努力生产。"

儿童艺术教育中央研究院（The Central House of Children's Art Education）

本院属于教育委员会,研究儿童的各种艺术教育问题,其主要部分在提倡并发展儿童的自动力。

本院协助组织儿童戏园,傀儡戏园（Puppet and Marionette Shows）,并主持成年人戏园中的早场戏。

本院的分院在全国有103所,儿童戏院100所,傀儡戏院有55所,电影院有70所,音乐学校有70所。全国各学校中,有电影的设备者凡4000处,本院在300无线电站中对于启示儿童的艺术有特别工作,在2万学校有无线电的设备。本院的工作范围如下：戏院、音乐、电影、美术绘画与雕刻、无线电、儿童的文艺创作与团体活动、跳舞、团体游戏。本院与其分院亦在各地学校内工作，例如师范学校内关于音乐与美术的工作及计划俱由本院拟定。

在学校以外，本院亦推行其工作，如音乐、美术、戏院、电影、无线电、团体活动，同时在成年人的俱乐部内亦有儿童组的各种工作。

政府已有命令，凡新建的公寓须有儿童室的设备以便本院推行其工作。

本院及分院对于前锋团（Pioneer organization）、街旁广场、乡村夏令营等处，亦各负责进行儿童的美术教育。

本院注意研究，并得各级教师的合作，研究时利用器械问题表等以测验儿童对于话剧、电影的反应等；并测验他们对于自动活动的反应。

本院的研究工作，在下列刊物里按期发表：《学校的美术圈》（Artistic Circle in Schools），学校内美术圈的方法、俱乐部内的美术音乐戏园电影无线电，本院发行双周刊一种，每期可销 35000 份。

本院新近举行歌唱竞赛，预备选一最适宜于学校的歌，全国儿童送入的歌参加竞赛者共 1902 种，得奖的歌印成一本，已分发20万本。

20巡回团已在全国各处旅行，并推行工作。

本院采用系统的学科及函授学科，训练各种教员，以便扩充本院的工作。

当1934年全国举行儿童美术竞赛会，儿童参加者人数甚多。

为激发儿童的美术兴趣，本院编订第一级及第二级的美术标准，凡及格的儿童可得标帜及小册，列宁市得奖儿童四万，莫斯科三万，由此方法本院发现许多天才，特别是关于管乐、绘画及跳舞。有许多美术圈亦因此组织起来，如演戏、文艺、唱歌及铜乐队等。

本院有音乐组，鼓励儿童，司制造乐器。他们用罐头、食物瓶、铅瓶，或用木板、木片等做音乐器具。

本院有图书陈列室，其内陈列许多国家的儿童作品，远东有日本儿童的绘画，惜无我国儿童的作品。陈列室内共用图画20万种，内有1557种是比较优秀的作品。乌克兰的儿童喜欢用鲜明的颜色，北冰洋的儿童喜欢用深色，显示气候对于美术的影响。星期日的早晨，一般的儿童不往礼拜堂（至少市镇的儿童是如此的），但往戏园看戏。演者是艺术高明，受特别训练者。余所见者是宗教战争的一幕历史剧，内有牧师二人。儿童们见牧师出台（由牧师的服饰就知道他们的职业与态度），满场的儿童俱嗤嗤作声。我们以为苏联这种美术教育，充分地灌输儿童的反宗教的意义与感情。

我国人最近参观本院并在纪念簿中签名者，有教育考察团包括程其保先生，后来者有陈鹤琴先生，余以英语致数语，大意如下："关于苏联的教育工作，我有极深刻的印象。苏联的教育家无疑地要陶冶新人格以应付新生活。"

娼妓感化院（Prophelectarium）

娼妓感化院成立于11年以前，至1931年止全国共有32处，莫斯科有5处，近年来全国仅16处，莫斯科仅有1处，住院者俱出于自愿，自付房饭钱，但享受免费教育的权利。苏联的娼妓是要登记的，登记时得黄色证一以志识别，全国有娼妓25万人，莫斯科有2万人。自1924年起，政府决议组织感化院，仅莫斯科一院已拯救娼妓2500人。

本院有娼妓345人，住院期通常为一年有半，每日约有六小时的教育，包括常识教育、家庭教育及职业教育。其余时间用在医药的救治、娱乐休息及团体活动,以及各种美术圈(文艺音乐)旅行与参观等。

娼妓出院后的主要职业如下:82%充店员,19%为社会服务者,17%继续在技术学校工作,12%任共产党员并在党内服务。

娼妓方入院时,据心理及医学的测验有30%是低能的。

已受感化的娼妓,由共产党员的指导每年至少开会一次,讨论关于各人的问题。

儿童戏园(Children's Theatre)

儿童戏园属于儿童艺术教育中央研究院,今日是星期日,晨演《自由的福伦德斯》(Free Flanders),描写路德以前欧洲礼拜堂的腐败。依本剧的情节,当时的人民,自虞有罪时可向牧师买得文书一纸,借此请求上帝宣告无罪。有一贫民因此谴责牧师,但被判为信异教,并侮辱礼拜堂而被判死刑,其子誓复父仇,得胜,福伦德斯因此得着自由。剧中所表出者有历史、爱情及勇敢,俱到极妙境地。

这是一个名剧园,专为儿童而设,观剧者的年龄,约自12岁至17岁,演员是成年人,技术甚精,经验丰富，是全国闻名的艺术家。儿童对于剧情颇了解，亦颇欣赏，由他们的反应可以知道的。譬如他们对于剧中的幽默，常时发笑，对于主角的勇敢（如誓复父仇的自白）全场拍掌，对于牧师的腐败十分轻视（如掷碎纸于牧师等）。演员的动作是高度的艺术化，布景简单而敏捷，一剧五幕，每幕是短的。两幕之间仅休息三分钟。

有些儿童的反应是快的并是强力的。他们表现紧张的感情时，教师们由剧场座位中起立，安慰他们，并劝他们镇静。教师们坐在他们中间，遇剧中情节不明了时，向他们解释。在休息时。教师与学生时常讨论剧中的情节。

柴德门夫人与余晚到两分钟，门闭，第一节完了，我们才入内，儿童很守秩序，颇安静，仅闻咳嗽声。本剧快完时，声音渐杂，台上有人用声筒劝大家安静，俟秩序恢复后，才继续演去。

本园有座位约一千，今日满座，因儿童不往礼拜堂去，只有老年仍保持逢星期日往礼拜堂的习惯。

革命博物院（Museum of Revolution）

本院陈列俄国历次革命的文献及遗迹，并陈列几次外国革命的事实。俄国的全民革命自 Stenka Rasin 至 Lenin 俱陈列于此，特别是下列各年度：1760、1826、1905、1906、1917，并关于 1914 年的世界大战，1911 年的中国革命，1925 年的中国五卅案，及日本关东劳动同盟的大罢工，亦各搜集并陈列许多材料。列宁的成语"除非把权给予苏维埃，否则革命"，在本院得着有力地证实。院内有一大木箱，高度超过人之全身，外边有条告曰"请来一看"，待游人入内，一无所见，仅把自己关在箱内，因这是囚笼，当凯塞林二世时，农民革命领袖 Pugachev 就在此笼内丧失生命。

孙中山磁像一件，是罗英孝送给鲍罗廷夫人的，像的上首刻有总理遗嘱。当苏联 19 周年纪念时，国民政府寄赠红缎横披一方，横披四周有五色丝线及球，俱下垂。

战争文件、信札、公文、战具、旗徽、革命领袖的照相、雕刻品等甚多，1887 年所造的大炮一尊，在 1917 年的革命时亦曾被用。

院内有一雕刻，为一壮年的塑像，站立一旁，作准备战斗状。脸上表示奋斗的决心勇敢，并毫不害怕；身体是十分强壮，分明象征有力的革命斗士。

院内有一部分陈列1917年十月革命之后的成绩，如五年前计划的统计及图表，及Magintorosk（Severdlovsk）的Ball Bearing工厂的主要用品等。游人分队，常由院内专家领导参观，并负演讲之责。当某队演讲终了时，游人中有一俄国乡妇云："我眼见1905年的革命，但我不充分了解那一次的勇敢与牺牲，今日看见许多遗迹，使我特别兴奋。"

柴德门夫人云："俄国政府的权力，经过每一次革命而递减，工人阶级的努力却逐渐增多，其势力亦逐渐加强。1917年十月革命时，工人与农夫遂握得政权。"我说："革命的力量，此院完全表现出来；它的力量存在于全民的肩上，因俄国有好几次革命，由全民或多数人民参加共产革命。"

二、工人生活与工厂

司塔林汽车制造厂（二十四·十·十一）

工厂有工人32000人。1917年十月革命以后，不久即成立Amo Auto Factory，规模甚小，以后逐渐扩充以至于现在，易名司塔林汽车制造厂。最惹人注意者是文化联合团（Cultural Combinat），为促进工人教育而设，包括下列各部：（甲）工厂学校，幼年工如16或17岁工人入此校受职业及技术训练一年半，有学生1300人，课程特别注重物理，机械及金属学等。（乙）工人大学预科（Worker's Faculty），有学生800人，预备学生入大学，工厂以外的工人，入此校者可得津贴，工厂工人入校者无之，但于散工后入校。有四年课程，注重机械工程、汽车制造等。（丙）高等专门学校（大学程度），凡工人大学预科毕业生可入此校，有学生2000人，课程凡五年可以修完。此校毕业生经政府考试及格者入工厂担任专门职务。1934年及格者4500人，1935年至10月止及格者2500人，往考者除本校毕业生外，尚有国内同等学力的学生。

工厂学校成立于16年前，工人大学预科成立于10年前，高等专门学校成立仅6年。

工厂内有医院（Polyclinic），工人可以无费得医药，医院有X光线、手术室、眼科、普通诊室等。

院长某女医师云："市镇内各工厂，目前大致有完善的医院。即在乡村，离火车站150公里的地方，亦逐渐有医药的设备，这是可引为欣幸的。"

工厂学校内充分利用壁报，新闻纸剪裁的一种是关于意大利的阿比西尼亚的战事。学生亦发行刊物一种。机械课堂及冶金课堂内有机器的模型及投影机。学生所用的桌适合、卫生，并有写字台的设备。无线电室亦有适当的设备。

工厂内炎热部分（Hot Section）如锅炉及近旁，关于工作的性质，在理论方面，工人们在课堂里已有讨论，在实际方面，亦使工人先得经验。

工人食堂有几处，一处可容500人。余经过黑暗的通道，入工人厕所的一部。一屋内无他物，仅恭桶二，男人用；旁一室为女人用，不隔断。

本工厂规模极大，用地极广。工人宿舍即在其旁。有一处新盖工人住宅，标题曰"新住宅"，房屋宽敞，屋旁种花木，设备颇合卫生。

工会最高理事会（Supreme Council of Trade Unions）（二十四·十·十四）

事前嘱余预备问题，以便谈话时有所遵循，余乃送去问题13道（附于本节之末），谈话时集中第四题："苏联的工会与资本主义国家的工会其主要区别何在？"

苏联的工会，其主要任务在推行社会主义，及发扬人类的快乐；至于资本主义的工会，在和资本阶级奋斗，以便工人们可以得着经济及社会的利益。苏联的工会，在共产革命发端时即竭力摧毁资本主义。在1917年工会与社会民主党员联合奋斗，目的在打倒资本主义的社会制度，设立苏维埃。当时的苏维埃，共产党员占少数。在莫斯科及Donbas区，工人倾向于共党，因此两处的工会最先共产主义化。

工会会员加入红军，他们对于十月革命作准备工作，共党中央委员会，大抵由工会会员组成，乃十月革命最重要的中心团体。共党执政权以后，工会的任务加多，参加政府的工作，如工农专政。关于建议及立法等问题，工会亦负重大的责任，如工会与第三国际的关系。

工会其他的主要任务，是生产的统制。凡工厂的计划、管理、工人的待遇（工资的决定）等俱由工会负责。工会注意工人的幸福，务使工人得着各种权利，使他们得着心理的安慰……在此种情形下努力增加生产。譬如团体竞争，即依照上述的原则推进。

工人尚有他种幸福，如文化与休息公园、卫生的设备、美术的心赏、保护的法律等，使苏联的工人对于文化有广而深的了解与心赏。就大体言之，苏联人士的观点,以为国内工人的政治、经济与社会的利益,非资本主义的工人所能希冀者。

(附)苏联的工会(二十四·十·六)

(一)在苏联何人可入工会为会员?他们的责任与权利如何?

(二)简论苏联的工会制度,包括自最低级的工会至最高级的工会。

(三)苏联的工会对于下列每一种机构的地位与关系如何:(甲)政府(即雇主),(乙)工厂委员会,(丙)合作社,(丁)集合农场,(戊)教育机关及学校。

(四)苏联的工会与资本制度下的工会其主要区别如何?

(五)苏联采用何种奖励办法,使工人增加生产?这些办法成功到何种程度?理由如何?

(六)对于拟订劳工法规,苏联的工会处于何种地位?

(七)哪些是现行的劳工法规?他们是如何施行的?

(八)对于施行社会保险,苏联的工会处于何种地位?

(九)工资如何决定?哪些是决定工资的原则?决

定工资的机构如何？"社会工资"是什么？

（十）莫斯科的工厂工人，每月平均可得工资若干？最高与最低工资各若干？

（十一）莫斯科的单身工厂工人，每月平均的生活费若干？已婚的工厂工人，每月平均的家庭生活费若干？（生活费的主要项目，应包括食品、衣服、房租、灯油、燃料及杂项如教育、娱乐、健康等费。）每项应分列。

（十二）哪些是莫斯科的主要工会？他们的主要活动与效能是什么？

（十三）略举苏联的主要参考书并列外国文书籍若干种？

汽车零件制造厂（二十四·十·十五）

厂于1931年设计，次年开工。最初苏联的机器，俱由外国运入，近年逐渐自造。本厂制造钢球、零件等（Ball Bearing），大致为汽车、自行车等所用。全国有两厂，第三厂正在建造中。本厂有工人18000人，逐渐增加，至1937年人数将比现时加倍。每年出品（各种零件）总数为2500万件，在1937年此数要加倍。工人分三班，七小时为一班。工人分团

（Brigade）自7至28人为一团,依照团体竞赛（Socialist Competition）提高工作效率。突击工人（Shock Worker）可以得奖,但皆名誉奖,种类甚多,如:(甲)机器上插红旗,（乙）赠与列宁像,（丙）歌剧戏院或他戏院免费券（院内前排座位,大致俱为他们保留）,（丁）公园免费券,（戊）电车免价券,（己）电车入门优待券（电车的一门为入口处,入车者须依照次序。另一门下车,亦依各人所占位置的次序。乘客拥挤时,下车颇感困难。但工人持优待券者可于在下车的门入电车,因此得到下车时的方便）。工厂内满贴增加生产的标语及鼓励工作效率的标语,例如"参加技术训练班,勉为突击工人","协助第二次五年计划的成功"。

本厂工人有俱乐部、学校、消费合作社、寄宿舍,俱是新的。

铁路工人心理生理中央实验所（二十四·十·十六）

实验所在一古旧的大屋内,这屋在革命前是公寓,共占四街,有十个进门。革命后充公,政府仍用为住宅。在此住宅内约住一万人。房屋破旧,光线不充,实验室内有科学仪器多种。火车头工程师有火车头,有铁轨,可以行车,惟俱是模型,所占地位不大。

专家共67人,分四组,其主要者为心理、生理、医药、机器等。

实验问题之一是火车司机员(Train Dispatcher),研究他的心理反应、工作环境效率等。利用美国智力测验,军队测验,分析司机员的训练与经验;然后测验他的效率(七小时班、八小时班、十小时班等。)

在1935年5月3日大阪Prof. Takaori来此参观。

劳动营(Bolshevo Labor Commune)(二十四·十·十七)

本劳动营在莫斯科北郊外,离市约35公里,坐落于一村的中间,村有人口12000人。营四周有树,地极幽静。1924年成立,木屋两幢,由司塔林提议,共党指导,属家事委员会的政治组,起始仅有少年囚犯16人,在营内授以木工。当时的原则是:不偷,不饮酒,不说谎;因共党对于人俱有信心,愿意改善不论哪一种人。

十年以来,本营有3400人(内有女子300人)。设备包括:医院一,托儿所一,幼慈院一,工厂若干所,食堂一,运动场一,图书馆一,学校若干所,自小学至工科大学,住宅若干所(分单身男,单身女,及已婚者)。

工厂分若干部分，如销皮、体育器械、棉纺棉织、冰鞋制造、木工网球拍子等，本营工人及村内加入的工人共6000人。

组织概况如下：

（一）评议委员会：对于工作及人事，由本委员会管理之。讨论工作的优劣，或决定男婚女嫁等。

（二）纠纷：各人间的纠纷，或本营各人由莫斯科归营酗酒等事。

（三）生产：由各工厂负责。

（四）经济：衣服可先领，俟得工资后扣还，住房的分配按各人的需要而定。

（五）招收：由监狱或改良院里选出少年窃贼，年17与22岁间者送营。

（六）文化：由各学校负责。

本营由经理总其成，有助手三人。行政方面各事集中于中央局，局员称为activists。营内各部分用委员会制，其性质已如前述。

营中各人受强迫教育，自小学至大学。各级教员现有110人。毕业生中有工程师三人，在外服务。与教育界及各机关有连络，常有专家来演讲。此外尚有美术圈，注意下列各端，即艺术、自动、音乐、足尖舞、新鲜空气的吸收等。

本营的设立在全国为最早者，类似之营在国内共18，他处俱来此见习或参观，并征求人才。

和我们谈话的营长是过去的窃贼，他是完全被感化了。食堂内有一女厨司，从前是一个贼，被判监禁十年。她已在此三年，上课并学烹饪。

营长云："我们初来此时，村内的人多不愿意和我们往来，因我们从前有不名誉的历史。近来有些村人，把女儿嫁给我们的朋友。"按营章，可请假往莫斯科，但如晚归或酒醉，必报告委员会受适当的处置。

有一个人是油画家，他替政府要人画过好几个像，亦替自己画像，听说有一张画，某美国人愿出美金21000元，尚未出卖。营内的各种工作，都是付工资的。

中央劳工院（Central Institute of Labor）

苏联政府，每年拨50万卢布作为本院研究费，15年以前本院属于工会最高理事院（Supreme Council of Trade Unions），后属劳工委员会（Commissariat of Labor）。本院最早五年的工作，注意精技工人的训练。当时有200种职业，共需要50万技工，如建筑业、冶金业、航空业等。最显著的成绩是工人训练期的缩短：本院成立以前，马达工人的训练期为四年，本院将其缩短为五个月，建筑业等亦同，虽所缩短的时间，因技术与职业而异。男女工人受同样的训练，苏联的女工甚多，除家庭服务外，航空有三分之一是女工，矿下工人有二分之一是女工。

旋本院注重研究工作的效率问题，本问题的一重要原素是工人的组织，如工人逐渐有了组织，他们的出品可以慢慢地增加。本院的经验是工人的组织改良以后，效率可以增加一倍或一倍以上。

其次是技术的改进，如机器的改良是。机器由国内制造，价廉，效率高。

复次是疲倦的研究；工厂每日在工作时间内把工人分班，每班又分成几段，每两段中间有休息，在普通情形之下，每15分钟的工作有两分钟的休息，在休息时工人作深呼吸等。

本院的研究所以可以总括为两部：（一）关于工人者，（二）关于技术者。

劳工保护院（Institute for the Protection of Labor）

本院前述劳工委员会，现属工会最高理事会，是研究机关，成立在10年前，目下在全国有13所。各所有特别注意点，莫斯科的机关，特别注意方法的研究，研究的问题大半在生理实验室、心理实验室与化学实验室里，此外即在工厂，将研究所得的成绩贡献于工会，预备作为向政府的建议，作为订立劳工法的基础。工会每年津贴250万卢布，作为经常费。本院有工作人员400人，关于空气流通的试验，负责的工程师有34人，正在努力推进其工作。

生理试验室注重关于工人与工作状况与工厂环境的研究，例如疲倦、长工作时间、锅炉的安全、眼的保护、工厂内空气的适当情形等。

心理试验室注意关于工人心理、工人职业的选择与训练、工人习惯安全的设备等。

化学实验室注重工厂卫生，如光线、空气、毒质、尘埃等问题的研究。

统计组织注意工人灾害等分析，工会以本院的研究结果为对于工人问题各种讨论的根据，将所有的建议贡献于人民委员会，以便订立劳工法。

在十年之内，本院印行小册数百种，有定期刊物，曰"劳工的卫生与安全"，用俄文发表，但有德文的总结，自1923年起，每月出版一次。本院图书馆有书六万本，包括外国文的书报。

考安铁路工人俱乐部（Kor...Railroad Worker's Club）

考安俱乐部在某晚开会欢迎有些铁路工会的工人新近投入红军者。本俱乐部属于铁路工人工会，并受该会的指导，莫斯科共有同样俱乐部六处，革命后的第一年铁路工会即成立于莫斯科，惟规模颇小，近年来会员增加，工作亦扩充。铁路工会每年的预算为20万卢布，铁路工人每月工资为100卢布或以上者，每年纳会费1卢布，即可自由加入俱乐部，并得介绍家眷入俱乐部。

俱乐部内有：（一）图书馆；（二）共产党文献图书室；（三）美术圈（音乐、艺术及戏剧）；（四）老年与少年人接待室；（五）无线电室，可与各铁路工人俱乐部收放无线电；（六）火车头工程实验室，关于火车头各种问题无费演讲。

国内最有名的火车头工程师是会员，他有26年的经验，曾得交通委员会的奖品，往往被请在铁路工程师学会演讲。公余喜欢唱歌咏剧，每日于可能范围内抽出两小时作为练习。共产党曾请他充某音乐院院长，但不就。柴德门夫人云："一个铁路工人，同时是一个有名的音乐家，这种例子在苏联是常有的。只要个人有能力，今日虽是无声无息的人，明日可在政府任要职，但人款并无显著的增加。在我国交谊是最要的，如朋友的急难，我必须于可能范围内，尽力援助，虽这种援助有时候妨害我自己的工作。"

欢迎会中有些会员在大礼堂演讲，继以话剧及游戏，并用咖啡及点心招待红军新军士、会员，及其家属与来宾。

三、集合农场

白薯与蔬菜农场（二十四·十·十九）

集合农场 Iletich Lenina 在莫斯科郊外，离市约25公里，离电车尽处约2公里。成于1930年，那时参加者有农家11户，两月以后，其数增至37户，现有150户，共750人。本农场共131 hectare，内中40%种白薯，余种蔬菜、蒜、水果等。全村有人口2785，就中40%从事于集合农场。本农场由村理事会（Village Council）管理之，村民开大会时举经理一人，任期无限制；各种活动受共产党员的指导，指导员由莫斯科去，有时农场经理或其他职员入市相商。主要目的在增加农作物的生产，改善耕地制度，改良农民生活，及改进土地政策等。

耕地属于农场，永远不能易主。当秋收时，每18吨白薯给政府3吨作为租税，其余15吨，农场各户按工作日数分配。政府只对于白薯收税，其他作物无税。在1935年本场农夫，最少者得白薯4吨。

本农场每农户分得0.25 hectare为种菜蔬之用，又分得0.75 hectare为种水果等之用。这些作物，每农户可自用，或自卖，不归农场。每农户可自己养牛、猪及鸡，亦自用不归公账。最初实行集合农场时，凡各种农场出品俱归农场，结果不满意；例如各农户的小孩数目不等，各户对于牛奶的需要亦不同，因此以后改用各户自己养牛，所需要的牛奶，可以按照各家的小孩而定。

农场的工作时期大约自5月1日至10月1日。在此期以外，各农户可替自己做工，或经营副业，如铁工、磨面、养马，或在村内工厂（或市内工厂）做工。

土地分段，每农户按段工作，工作时有工资，收成分配时按段计算。

托儿所各童正在午餐之后，俱入睡，卧房甚温暖，有护士一人，照管儿童二十人。每童有脸布一块，上有一家畜或兽以志识别。

学校有七级，学生650人，村内儿童及农场儿童俱在此入学，成立于1931年。前锋团有团员125人。每年经费为90000卢布，教员13人。学龄儿童俱在校内，因教育是强迫的。

农场主席是一位年约50的太太。革命以前她是文盲，目下她能读新闻纸。她和丈夫，是有能力并勤俭的农人，两人分得的收成，比他人常加一倍。村理事会主席告诉我们，他每月赚200卢布，约等于市内工厂工人每月工资的一半。

白薯收款之后，先向政府纳税，余分给各农户，并留下籽种，入仓库。仓库内亦藏有Mekada，这与北平的匹辣相似。本农场亦出大量的红菜头。

猪栏由一位女农夫料理，环境颇洁净。

磨面厂以前用水为原动力，现用电力。这是村的公有财产，各农夫多可拿农作物来磨。

农场有公共食堂，多数的人多在此用膳；既比较经济，且得着社会生活。各人可在此会友、闲谈，并可得着新闻与消息。

第一疗养院由医师及护士各一人管理之。

农户的屋用小木段造成,窗极多,屋内外常种着花。

兽粪常在路边,呈现不洁之状。路是泥铺成的,下雨后难以行走。某农妇对我们说:"你们雨后来参观,怎样不穿套鞋呢?"